지명여중 추리소설 창작반

김하연 장편소설

지명여중 추리소설 창작반

특별한서재

차례

1.

2.

3.

일러두기

- 이 책의 표기는 현행 맞춤법에 따르되, 인물들의 대사 일부는 사투리와 입말을 살렸습니다.
- 이 책에 등장하는 기관, 단체, 지명, 사건 등은 실제와 관련 없는 허구입니다.

1

추리소설 창작반의 탄생

"자, 그럼 동아리 회장을 뽑을까?"

교실에 모인 열 명, 아니 박수아 선생님까지 열한 명의 시선이 지안에게 쏠렸다. 지안은 사람들의 시선이 보이지 않는다는 듯 공책을 담담하게 내려다봤다.

"지안아?"

선생님의 목소리는 부드러웠지만 확고한 뜻이 담겨 있었다. 추리소설 창작반의 회장은 공부도 잘하고 학교 백일장의 일등을 도맡아 하는 데다 카리스마가 있고, 추리소설을 좋아하는 네가 해야 하지 않겠느냐는. 지안은 마침내 고개를 들고 우리 얼굴을 살폈다. 어디에서도 반대의 뜻을 읽지 못한 지안이 그럼 제가 할게요, 라고 말하자 아이들이 박수를 쳤다.

"좋아! 그럼 지명여중 추리소설 창작반의 회장은 강지안……."

"부회장은요? 아, 부회장도 뽑아야죠!"

해영의 새된 목소리에 3학년 몇 명이 쏘아붙였다.

"아, 심해어!"

"그만 좀 나대!"

해영은 아랑곳없이 선생님을 향해 눈빛 레이저를 쐈다. 모두가 못마땅해하는 아이 심해영. 진짜 이름보다는 '심해어'라는 별명으로 불리는 해영은 욕설을 자주 썼고, 남에게 좋은 말을 하는 법이 없었으며, 불량한 언행으로 학교에서 상담을 받는다는 소문까지 돌았다. 하지만 해영은 절대로 기죽는 법이 없었고, 나는 그 당당함이 가끔 부럽기도 했다.

"글쎄…… 사실 부회장까지 뽑을 생각은 없었는데. 그럼 부회장은 해영이가 할까?"

1학년과 2학년은 부회장 자리를 노리는 선배에게 반기를 들지 못했지만, 3학년들의 입에서는 아우성이 터졌다. 선생님이 애써 웃으며 말했다.

"그래, 해영아. 1학기는 이대로 가자. 회장이 되고 싶으면 2학기에……."

“에이 씨, 짜증 나네.”

“지금 뭐라 그랬니?”

“제가요? 전 아무 말도 안 했는데요.”

3학년들은 해영을 보며 대놓고 고개를 흔들었다. 선생님도 할 말을 꾹 삼키는 것처럼 보였다. 선생님은 곧 칠판을 두드리며 우리를 집중시켰다.

“추리소설 창작반은 동아리 이름 그대로 추리소설 창작을 목표로 한다. 1학기가 끝날 때까지 원고지 100매 안팎의 추리소설을 한 편씩 제출하도록. 그러려면 추리소설이 뭔지부터 알아야겠지? 수요일 동아리 시간마다 추리소설과 글쓰기에 대해 배워 나가자. 선생님은 너희들에게 추리소설을 받는 것만으로 끝내지 않을 거야. 너희가 쓴 작품들을 모아 출판하고, 온라인 서점에 등록해 판매까지 할 생각이야.”

늘 가지고 다니는 노트북 컴퓨터에 선생님의 말을 빠르게 입력했다. 방금 회장이 된 지안도 허리를 꼿꼿이 세운 채 선생님의 말을 듣고 있었다. 아까 했던 자기소개 시간에 지안은 자신이 추리소설 마니아라고 했다. 지안과 나는 2학년 때도, 그리고 3학년인 지금도 같은 반이다. 지안은 교실에서도 틈만 나면 책을 읽었는데 그 책들이 죄다 추리소설이었던 모양이다.

내 자기소개는 어땠냐고? ‘사이보그’, 혹은 줄여서 ‘싸보’라는 별명답게 높낮이 없는 목소리에 무표정한 얼굴로, 평범하기 짝이 없는 말을 중얼거렸다.

"3학년 1반 오지은입니다. 만나서 반갑습니다."

한심한 자기소개 멘트를 떨치고 다시 박수아 선생님을 쳐다봤다. 선생님은 우리가 출판하게 될 문집에 대해 설명하고 있었다.

"너희가 1학기에 제출할 추리소설 중에서 가장 잘 쓴 작품을 표제작으로 삼을 거야."

이름이 기억나지 않는 1학년 아이가 손을 들었다.

"표제작이 뭐예요?"

"소설집의 제목이 되는 작품. 대표로 내세울 만큼 뛰어난 작품을 표제작이라고 해."

심해어, 아니 해영이 물었다.

"표제작으로 뽑히면 선물도 줘요?"

"선물? 해영이는 뭘 받고 싶은데?"

"아이패드 프로요. 펜슬이랑 에어팟도 세트로."

"아이패드는 벅차지만 선물은 고민해 볼게. 동아리 활동비가 나오기도 하니까."

유난히 까만 해영의 얼굴에 미소가 번졌다. 해영이 내 옆구리를 찔렀다.

"선물이 당연히 있어야지. 안 그러냐?"

지금은 동아리 수업 시간이고, 수업 시간에는 잡담을 나누면 안 되기 때문에 내 감정을 해영에게 말할 수는 없었다. 이 교실에 해영과 둘만 있었다면 솔직하게 대답했을 것이다.

나는 지금, 몹시 당황스럽다고.

*

동아리 시간이 끝난 뒤, 낮은 담장 주변을 서성이며 지성중학교 운동장을 훔쳐봤다. 송지호가 속한 야구부 훈련이 시작되기를 기다리며. 지명여중과 지성중은 담장을 사이에 두고 나뉘어 있다. 같은 재단에서 만든 사립학교지만 지성중이 20년이나 먼저 지어졌기 때문에 우리 건물이 훨씬 넓고 좋다. 그래서 급식 시간이 되면 지성중 남학생들은 우리 급식실로 이동해서 점심을 먹는다. 불편하겠다고? 나에게는 잘된 일이다. 그렇게라도 송지호의 얼굴을 한 번 더 볼 수 있으니까. 하지만 지금은 송지호가 나타나기만을 오롯이 기다리고 있기에는 머릿속이 복잡했다. 나는 동아리 시간이 끝난 뒤 박수아 선생님과 나눈 대화를 다시 한번 곱씹었다.

"지은아, 시작도 하기 전에 못하겠다고?"

"추리소설을 정말로 쓸지는 몰랐어요. 저는 추리소설이 뭔지도 모르고, 소설도 안 써봤어요."

"그건 다른 학생들도 마찬가지고, 다음 시간부터 배울 거라고 했잖아."

그런 평범한 말로는 내 탈퇴를 막기에 부족하다고 생각했는지 선생님은 생각에 잠겼다. 그러더니 내 얼굴 앞에 대고 갑자기 박수를 쳤다.

"아, 이렇게 하면 어떨까? 영 자신이 없으면 실제 범죄 사건을 꼼꼼히 조사해서 소설처럼 써봐. 넌 끈기 있고 성실한 애잖니. 그렇게 쓴 소설을 '논픽션 소설'이라고 하는데, 논픽션 소설도 훌륭한 범죄 문학이 될 수 있어."

"무슨 사건을 조사하면 돼요?"

"그건 네가 찾아야지. 인터넷으로 검색만 해도 여러 사건들이 나올걸? 그중에서 흥미가 생기는 사건이 있을 거야."

"어이, 싸보."

갑자기 들려온 해영의 목소리에 나는 고개를 돌렸다.

"안녕, 심해영."

"방금 전까지 같이 있었는데 뭔 헛소리야. 넌 뭘 쓸 거냐?"

3월의 봄볕이 해영의 새카만 얼굴에 내리쬈다. 해영은 깡마른 몸에 비해 너무 큰 교복 재킷을 입고 있었다.

"몰라."

"겁나 치사하게 구네."

"진짜 몰라."

"좋아. 그럼 난 뭘 쓸 건지 알아?"

"내가 네 생각을 아는 건 불가능하지."

"지명여중 3대 불가사의를 해결하는 탐정 얘기야."

"아."

"끝이야? 할 말이 그것밖에 없냐?"

해영과의 대화를 노트북에 빨리 옮기고 싶어 손가락이 근질거렸다. 나는 사람들의 말을 제대로 이해하지 못한다. 특히 농담과 진담을 구별하거나 말에 담긴 숨은 뜻을 파악하기가 힘들다. 그래서 남들이 보기에는 엉뚱한 말을 할 때가 많다. 엄마는 상대의 말뜻을 모르겠으면 표정을 살피라고 했지만, 사람들의 표정은 그들의 속마음과 다를 때가 많은 것 같다. 초등학생 때만 해도 아이들의 표정을 읽기가 어렵지 않았다. 하지만 아이들은 자랄수록 저마다의 가면을 쓰기 시작했다. 결국 내가 택한 방법은 사람들과 나눈 대화를 노트북에 기록하는 것이었다. 대화를 읽고, 또 읽어보면서 혹시 내가 실수한 부분이 있는지 찾아보았다. 다행히 해영은 가면을 쓰고 있는 것처럼 보이지 않았다. 내 대답을 간절히 기다리는 얼굴이다.

그래서 나는 아까부터 거슬렸던 부분을 말해주기로 했다.

"교복 재킷이 네 어깨에 비해 너무 커. 한 치수 작은 재킷을 입으면 좋겠어."

우리는 잠시 서로를 쳐다보았지만 내가 먼저 눈길을 돌렸다. 나는 다른 사람과 눈을 잘 못 마주치는 데다 해영의 키가 너무 작아서 내려다보고 있자니 미안했기 때문이다.

"싸보, 너 생각보다 센캐구나. 나랑 추리소설 같이 쓸래?"

"안 돼. 박수아 선생님께서 한 명당 소설 한 편을 내야……."

"이 답답아, 진짜 같이 쓰자는 게 아니라 내용이 안 풀리면 서로 상의도 하고, 글도 봐주고 하자는 거지!"

"아."

"같이 쓰기로 한 거다? 여기 핸폰 번호 찍어."

내 전화번호를 받은 해영은 씩 웃더니 교문 쪽으로 몸을 돌렸다. 해영이 걸음을 옮길 때마다 부스스한 단발머리가 양옆으로 흔들렸다. 재킷뿐 아니라 책가방도 몸집에 비해 너무 컸다. 해영을 만나면 다음에는 가방에 대해 말해줘야겠다.

사건의 시작

나는 토요일 점심때마다 외할아버지 집에 간다. 일요일 아침을 먹은 뒤에 내가 집으로 돌아가면 할아버지는 그때부터 마을회관에서 남은 주말을 보낸다. 할아버지 집에 가려면 우리 아파트 앞에서 버스를 타야 한다. 도로를 10분쯤 달려 시내를 빠져나간 뒤 강 위에 세워진 다리를 건너면, '혁신 도시'라고 불리는 우리 동네와는 전혀 다른 풍경이 펼쳐진다. 서울 사람들이 보면 '와, 시골이다!'라고 생각할 법한 풍경 말이다. 할아버지 집도 낡고 평범한 시골집들 중 하나다. 버스 유리창에 머리를 기대고 초록빛 풍경을 바라보는데 카톡음이 울렸다.

해영 뭐 쓸지 정했? 오전 11:05

첫 동아리 시간이었던 수요일 뒤로 인터넷으로 여러 범죄 사건들을 검색했다. 하지만 깊이 조사하고 싶은 사건은 없었고(한결같이 끔찍했다!), 그럴수록 후회가 밀려왔다. 내가 추리소설 창작반에 가입한 이유는 순전히 국어를 가르치는 박수아 선생님 때문이었다. 작년 기말고사를 앞둔 우리들에게 박수아 선생님은 이렇게 말했다. 국어 시험을 잘 보고 싶으면 교과서를 달달 외울 정도로 읽으라고. 국어는 내가 제일 어려워하는 과목이었기에 선생님이 가르쳐 준 대로 했다. 교과서를 읽고, 읽고, 또 읽었다. 결과는 놀라웠다. 우리 반의 국어 백 점은 단 두 명이었다.

나와 강지안.

박수아 선생님은 나를 교무실로 불러서 국어 성적을 칭찬했다. 선생님이 시키는 대로 했다고 말하자 선생님은 완전히 감동한 얼굴이었다. 아무리 봐도 가면을 쓴 것 같지는 않았다. 선생님은 내년 1학기에 추리소설 창작반이라는 새로운 동아리를 만들 생각인데 너도 꼭 오라고 했다. 이번에는 내가 감동할 차례였다. 어딘가에 초대받는다는 것은 내 삶에서 자주 일어나는 일이 아니었으니까. 하지만 지금은 그때의 설렘을 조금도 느낄 수 없었다. 조사할 사건을 빨리 정해야 소설 쓸 시간을 충분히 확보할 수 있다는 생각에 마음이 몹시 무거웠다.

나 아니. 그리고 네 책가방도 재킷처럼 너무 커. 오전 11:07
해영 갑자기????? 오전 11:08

내릴 정류장이 다가왔기에 답장은 나중에 하기로 했다. 버스에서 내리자 전봇대에 걸린 현수막이 보였다. 현수막에는 큼직한 글씨로 '진송 펫 파크 리조트 건립 승인!'이라고 적혀 있었다. 현수막을 뒤로한 채 할아버지 집 쪽으로 5분쯤 걷자 진송 초등학교가 보였다. 2년 전만 해도 경상남도의, 아니 전국의 관심을 받았던 학교지만 지금은 문을 닫은 상태다.

교문에 붙어 있던 출입 금지 테이프는 더 이상 보이지 않았다. 친구들과 운동장에 있던 예나가 나를 보고 손을 흔들었다. 학교 안으로 들어가도 될지 망설여졌지만 사건이 벌어진 지 2년이나 지났으니 괜찮을 것 같았다.

"왜 여기에서 놀아? 여기 들어오면 안 되잖아."

"괜찮아, 지은 언니. 아무도 몰라."

"그건 아니지. 너희도 알고 나도 아는데."

예나 가족은 3년 전에 서울에서 진송리로 귀농했다. 예나 아빠는 한옥 짓는 일을 하고, 예나 엄마는 혁신 도시에서 캔들 공방을 한다. 예나 아빠는 진송리 노인들의 집에 문제가 생기면 고쳐주기도 했는데 우리 할아버지도 도움을 받은 적이 있다.

"그럼 어디에서 놀아! 여긴 놀이터도 없는데."

"어쨌든 여긴 안 돼. 이 학교는 불이 났었던 범죄 현장이니까."

"불은 옛날에 다 꺼졌는데, 뭘. 범인도 잡혔잖아, 영자 할머니!"

범죄 현장. 불. 범인. 그리고 영자 할머니.

한동안 잊고 지냈던 이름을 듣는 순간 가슴이 뻐근해졌지만, 머릿속에서는 작은 불꽃들이 튀어 올랐다.

나는 아이들을 운동장에 남겨 둔 채 학교 건물 쪽으로 걸었다. 걸음을 옮길수록 주변 기온이 뚝뚝 떨어지는 듯했다. 화재 현장을 처음 보는 것은 아니었다. 진송 초등학교 화재로 마을에 한바탕 난리가 벌어졌을 때, 할아버지는 굳이 구경을 시켜주겠다며 나를 몰래 데리고 들어갔다(출입 금지 테이프쯤은 가볍게 무시했다).

불길이 맨 처음 시작된 곳은 학교 건물 뒤쪽의 분리수거장이었다. 불길은 주차장에 있던 자동차에 옮겨붙은 뒤, 거기에서 다시 학교 건물 1층으로 옮겨 갔다. 자동차는 사라졌지만 잿더미가 된 분리수거장과 시커멓게 타버린 학교 건물은 그대로였다.

범인도 잡혔잖아, 영자 할머니!

전 국민의 관심을 받았던 이 작은 초등학교는 결국 그 사건으로 폐교 절차를 밟았다. 그 뒤로 여기 다니던 아이들은 내가 사는 혁신 도시에 있는 성운 초등학교로 전학을 갔다. 할아버지 말로는 이곳 진송리까지 스쿨버스가 다닌다고 했다. 예나와 친구들은 시커먼 건물에 몸을 기댄 채 분리수거장 주변을 맴도는 나를 지켜봤다. 예나가 물었다.

"언니, 뭐 해?"

"걸어 다녀."

아이들이 킥킥거리는 소리에도 내 머릿속 작은 불꽃들은 사라지지 않았다. 진송 초등학교 화재 사건을 조사해서 소설로 써보면 어떨까? 할아버지 집과 가까운 곳이니 필요하다면 사건에 관련된 사람들도 만날 수 있다. 인터넷에서 본 범죄 사건들처럼 잔인한 부분도 없다. 아주 오래된 사건이 아니라 소설에 필요한 자료들도 쉽게 구할 수 있을 것이다.

"박예나, 너도 진송 초등학교에 다녔지?"

"그랬지. 캠프 날 불이 나기 전에는."

두근거리는 심장 박동을 느끼며 점퍼 주머니에서 핸드폰을 꺼냈다. 그리고 해영에게 뒤늦은 답장을 보냈다.

나 소설 소재 찾았어. 오전 11:25

*

할아버지가 점심을 차리는 동안 노트북 컴퓨터를 켜고 진송 초등학교 화재 사건을 검색했다. 신문사들의 이름을 훑어보다 가장 많이 들어본 신문사의 기사를 클릭했다.

진송 초등학교 사건 기록 1

진송 초등학교에서 화재 발생: 학생과 학부모 30여 명 대피

기사입력: 202X-08-05 11:48

8월 4일 밤 12시 20분경 경상남도 H시 진송읍 진송리에 위치한 진송 초등학교에서 화재가 발생해 학교 운동장에서 캠핑 행사를 진행하던 학생과 학부모들이 긴급 대피했다. 화재는 학교 건물 뒤편에 있는 분리수거장에서 발생했으며 불은 주차장에 있던 차량으로, 그리고 건물 1층으로 옮겨 갔다. 부상자는 발생하지 않았으며, 불길은 오전 2시에야 잡혔다. 경찰과 소방당국은 학교 행사의 캠프파이어 유무 등 정확한 화재 원인을 살필 계획이다.

노트북의 메모장을 열고 방금 읽은 기사를 복사해 넣었다. 그리고 기사 위에 '진송 초등학교 사건 기록 1'이라는 제목을 달았다. 기사를 읽으며 생긴 의문들은 기사 밑에 정리했다.

궁금한 점

1. 주차장에 있던 차는 누구의 차였을까?
2. 영자 할머니가 범인이라는 걸 어떻게 알았을까?
3. 캠핑 행사에 온 사람들이 캠프파이어도 했을까?

다른 기사를 찾아 읽자 2번에 대한 답은 쉽게 나왔다.

진송 초등학교 사건 기록 2

진송 초등학교 화재 용의자 추정 여성 CCTV 포착

기사입력: 202X-08-07 09:30

8월 4일에 발생한 진송 초등학교 화재 용의자로 추정되는 여성이 CCTV에 잡혔다. 화재 현장에서 확보한 CCTV 영상에는 화재 신고가 접수되기 약 20분 전, 한 여성이 분리수거장에서 담배를 피우는 모습이 찍혀 있다. 여성은 잠시 뒤 분리수거장을 떠났으며 뒤이어 그곳에서 불꽃이 피어오르기 시작했다. 해당 여성은 진송 초등학교 관계자로 알려졌으며, 경찰은 분리수거장에 담배꽁초를 버렸는지 여성을 추궁하고 있다.

이 기사에 나오는 '해당 여성'이 바로 영자 할머니다. 영자 할머니가 분리수거장에 담배를 버렸고, 거기에서 불길이 시작됐다. 기사에는 '진송 초등학교 관계자'라는 애매한 표현으로 등장했지만 영자 할머니는 선생님도, 학부모도, 그리고 학생의 할머니도 아니었다.

영자 할머니는 진송 초등학교의 1학년 신입생이었다.

"허구한 날 컴퓨터만 붙잡고 있냐! 상 치워라, 밥 먹게!"

뒤통수에 꽂히는 할아버지 목소리에 노트북을 바닥에 내려 놓았다. 핸드폰을 보니 해영의 답장이 와 있었다.

해영 소재가 뭔데. 오전 11:27

할아버지의 잔소리가 또 들려오기 전에 얼른 카톡을 남겼다.

나 진송 초등학교 화재 사건을 조사해서 소설로 쓰려고.

오후 12:00

해영 미쳤다! 오후 12:01

나 누가 미쳐? 오후 12:01

해영 .... 오후 12:02

해영은 내가 찾은 소재가 마음에 들지 않는 모양이었지만 나는 이미 마음을 굳히고 있었다. 이 사건을 제대로 이해하려면 진송 초등학교에 1학년으로 입학한 세 어르신들의 이야기부터 알아야 한다. 별로 어려운 일은 아니니다.

세 명의 신입생 중 한 명이 우리 할아버지였으니까.

세 명의 신입생

"너희 엄마는? 직장 잘 다니냐?"

당신의 딸이기도 하면서 할아버지는 엄마를 남처럼 부른다. 나는 토요일마다 할아버지 집에서 자고 가지만 엄마는 그러지 않는다. 내가 초등학교 4학년 때 아빠와 이혼한 뒤로 엄마는 여기 온 적이 없다. 할아버지와 전화 통화도 하지 않는다. 나는 할아버지 집에 올 때마다 엄마 소식을 전하고, 일요일에 집에 돌아가면 이번에는 엄마가 할아버지의 안부를 묻는다. 둘의 사이가 왜 나빠졌는지 아무도 설명해 주지 않았지만, 할아버지가 엄마의 이혼을 끝까지 말렸기 때문인 것 같다.

"할아버지는 왜 진송 초등학교를 그만두셨어요? 불을 낸 사람은 할아버지도 아니었는데."

할아버지의 숟가락이 물김치 위에서 멈췄다.

"밥 잘 먹고 왜 옛날 고릿적 애기를 꺼내냐? 너희 엄마 직장 얘기나 해봐."

"옛날 고릿적이 아니라 2년 전 일인데요."

"2년 전이든 20년 전이든 그게 갑자기 왜 궁금하냐고!"

"숙제 때문에요."

할아버지의 미간에 잡혔던 주름이 연해졌다.

"영자 할멈이 불을 싸지르긴 했어도 우리가 무슨 낯짝으로 학교에 계속 다니냐. 우리 셋은 입학할 때부터 세트였어, 세트."

"할아버지랑 영자 할머니랑 또 한 분은 순길 할머니였죠? 순길 할머니는 아직도 진송리에 살아요?"

"살긴 개뿔. 저세상 갔어."

"어디로 가셨다고요?"

"아, 지난겨울에 죽었다고! 자다가 편하게 저세상 갔어. 나도 그렇게 죽었으면 소원이 없겠다."

할아버지가 물김치를 들이켜는 동안, 바닥에 내려놓은 노트북을 보며 인터넷으로 조사한 내용을 읽었다.

"2년 전 3월. 순길 할머니, 영자 할머니, 그리고 할아버지가 진송 초등학교 50회 신입생으로 입학하셨어요. 학교에 다니고 싶은 마음보다는 진송 초등학교가 폐교되는 걸 막기 위해서요. 신입생 수가 폐교 여부를 좌우하니까요. 세 분 모두 초등학교를 제대로 다니지 않으셔서 입학 자격을 받을 수 있었어요."

"아니야."

"뭐가 아니에요?"

"폐교도 큰일이지만 우리는 꼭 다니고 싶었어."

할아버지는 밥상을 옆으로 밀고 한숨을 쉬었다.

"학교에 말이야."

*

"그때 우리 나이가 몇이었더라. 나랑 영자 할멈이 일흔, 순길 할멈이 예순일곱이었지. 순길이가 그래도 몇 살 적다고 제일 날랬는데 하루는 우리를 모아 놓고 그러더라. 진송 국민학교 폐교 얘기가 계속 나오는데 우리가 1학년으로 입학하면 그걸 막을 수 있을지도 모른다고. 나는 당연히 펄쩍 뛰었어. 아, 내일모레면 장례 치를 나이에 국민학교 입학이라니 뭔 봉창 두들기는 소리냐고. 그랬더니 순길이가 노인네 체면이 중하냐, 이 마을 애들이 중하냐고 따지더라. 진송 국민학교가 문을 닫으면 애들이 위험하게 버스 타고 그 뭐냐, 혁신 도시에 있는 학교까지 가야 하는데 어른이 돼서 도와야 하지 않겠느냐고 말이다. 아무리 그래도 그렇지 당치도 않은 소리 하지 말라고 타박을 놨는데 아, 글쎄 영자 할멈이 자기는 가겠다지 뭐냐! 찢어지게 가난해서 학교 문턱도 못 밟은 게 아직도 한이라나."

나는 못 참고 할아버지 이야기에 끼어들었다.

"국민학교가 아니라 초등학교요."

"국민학교건 초등학교건 나는 일없다고 했다! 할멈들끼리 열심히 댕기라고 했지. 그랬더니 둘이서 나를 물귀신처럼 잡고 늘어지더라. 그래도 남자 하나가 옆에 버티고 있어야 면이 서지 않겠느냐고 말이다."

말을 멈춘 할아버지는 몹시 흡족해 보였다.

"그래서 할아버지도 진송 초등학교에 입학하셨어요?"

"할망구들이 그렇게 빌어 대는 걸 어쩌겠냐! 일단 다녀보고 영 아니다 싶으면 때려치우려고 했지. 그런데 말이다, 야. 눈 뜨면 가야 할 데가 생기니까 그렇게 활력이 돌더라. 교장 선생은 쪼매 까칠했는데, 우리 담임선생은 젊은 양반이 그렇게 살가울 수가 없었다. 영자 할멈이 치매기가 있어서 정신이 영 맑지를 못했는데 그걸 알고 우리한테 치매 예방 교육도 시켜줬다. 그리고 내가 학교에 안 다녔으면 어떻게 테레비까지 나왔겠냐?"

"잠시만요, 할아버지."

노트북으로 유튜브 사이트를 열었다. 검색창에 '진송 초등학교 입학식'이라고 치자 동영상 몇 개가 떴다. 할아버지가 노트북 쪽으로 주름진 얼굴을 내밀었다.

"그게 여기서도 나오냐?"

조회 수가 제일 많은 영상은 '우리 학교 지킴이! 평균 나이 70살의 신입생들'이라는 제목이 붙은 15분짜리 다큐멘터리였다. 영상을 클릭하자 넓은 강당과 '어르신들의 입학을 축하합니다'라고 쓰인 플래카드와 교장 선생님으로 추측되는, 연단에 선 나이 든 남자 선생님이 보였다. 할아버지와 두 할머니는 맨 앞줄에 앉아 있었다. 할아버지가 노트북 화면을 쿡쿡 찌르자 노트북이 휘청댔다.

"봐라! 이쪽이 영자 할멈, 이쪽이 순길이다. 제일 핸썸한 사람은 이 몸!"

할아버지는 처음 보는 군청색 양복을, 영자 할머니와 순길 할머니는 똑같은 자주색 개량 한복을 입고 있었다. 두 할머니 모두 짧은 파마머리였고, 순길 할머니는 안경을 끼고 있었다.

"할아버지는 왜 한복 안 입었어요?"

"모양 빠지게 무슨 한복이냐! 공식 행사에는 양복을 입어야지!"

할아버지가 다시 손톱으로 노트북 화면을 찔렀다.

"이게 그 까칠한 교장 선생인데 아직도 진송리에 산다. 요

젊은 사람이 우리 담임이었던 김동석이. 너희 엄마가 열 살만 어렸어도 신랑감으로 들이대고 싶을 만큼 괜찮은 사람이다. 김 선생 어머니가 그해 여름 방학 전에 갑자기 돌아가셔서 우리가 장례식장까지 댕겨 왔잖냐. 그리고 이 사람은…….”

할아버지는 화면 속 사람들을 빠짐없이 알려주었지만 내 시선은 영자 할머니에게 멈추어 있었다. 할머니는 노란 손수건으로 연신 눈물을 훔쳤다. 교장 선생님의 훈화를 들으면서도, 재학생들의 환영 노래를 들으면서도, 연단 앞에서 입학 허가 선언문을 받으면서도. 내 기억 속의 영자 할머니는 목소리가 유난히 쩌렁쩌렁하고 성격도 드셌지만 따뜻한 마음을 가진 사람이기도 했다.

5년 전, 엄마가 결국 아빠와 이혼했다고 할아버지에게 털어놓았던 날. 이 집에서는 큰 싸움이 벌어졌고, 엄마는 그날 뒤로 이 집에 오지 않았다. 초등학교 4학년이었던 나는 두 사람의 고성을 들으며 담벼락에 기대앉아 있었다. 내가 좀 더 괜찮은 아이였다면 아빠가 다른 여자를 안 만났을까. 우리 반 다른 여자애들처럼 명랑하고, 말도 잘하고, 친구도 많았다면 아빠가 우리를 떠나지 않았을까 같은 생각을 하면서.

영자 할머니가 언제부터 내 옆에 서 있었는지는 모르겠다. 할머니는 두툼한 팔로 나를 일으킨 뒤 자기 집에 데려갔다. 그러고는 툇마루에 앉아 고개를 수그린 내게 빨대 꽂은 요구르트를 쥐여주었다.

“살다 보면 별일이 다 일어나는 법이다. 니는 잘못한 거 없으니 기죽지 마라.”

영자 할머니의 거친 손바닥이 내 뒤통수를 퍽퍽 때리듯 쓸어내렸다. 나는 미지근한 요구르트를 마시며 자꾸만 치밀어 오르는 울음을 삼켰다.

영자 할머니는 그 순간 내가 가장 듣고 싶던 말을 들려준 사람이었다.

*

동영상을 끈 뒤, 할아버지의 안경닦이로 노트북 화면을 닦았다. 이제 진송 초등학교에 불이 났던 날에 대해 알아볼 차례였다. 할아버지 말을 가만히 듣기보다는 질문과 답변 내용을 기록하는 편이 좋을 듯했다. 타자를 빠르게 치는 건 그나마 자신 있는 일이기도 했다.

나는 메모장을 열고 ‘진송 초등학교 사건 기록 3 - 신용섭 할아버지 인터뷰’라고 썼다.

진송 초등학교 사건 기록 3 - 신용섭 할아버지 인터뷰

나: 2년 전 8월 4일에 있었던 캠프 얘기를 들려주세요. 그 캠프에서는 뭘 했어요?

할아버지: 애들이랑 부모들이랑 선생들이랑 학교 운동장에서 그, 뭐라고 하냐. 잘 때 들어가는 천 쪼가리 같은 거.

나: 텐트요.

할아버지: 그래, 운동장에서 텐트를 치고 하룻밤 자는 행사였지. 오후부터 모여서 고기도 구워 먹고 오락도 하고.

나: 영자 할머니가 분리수거장에 버린 담배 때문에 불이 났다던데요. 영자 할머니는 원래 담배를 피우셨어요?

할아버지: 말도 마라, 그 담배 때문에 얼마나 탈이 많았다고. 쉬는 시간마다 거기 가서 담배를 피워 쌌는데 김동석 선생이 아무리 말려도 안 들었어. 거기다가 담배를 노상 신발로 비벼 껐거든.

나: 그게 왜요?

할아버지: 아, 실내화에도 담뱃재가 다 묻을 거 아니냐! 영자 할멈도 이해가 안 가는 건 아니다. 한번 몸에 밴 건 엔간해서는 떨쳐내기 힘들거든. 담배 끊은 놈이랑은 상종도 하지 말라는 소리도 있잖냐.

나: 할아버지는 담배 피운 적 없어요?

할아버지: 피우다 끊었다.

나: 아.

할아버지: 그놈의 담배 때문에 나중에는 교장 선생이랑도 한바탕했다. 그해 5월에 소풍을 갔었는데 거기서도 애들이 김밥 먹는 옆에서 담배를 피워서 교장 선생이 소리를 아주 고래고래 질렀다. 까칠하긴 해도 점잖은 양반인데 말이다.

나: 뭐라고 소리를 질렀는데요?

할아버지: 테레비에도 나왔으니 행실을 똑바로 하라고 했었나. 화를 낸 게 꼭 담배 때문만은 아니었을 거다. 교장 선생이 영자 할멈을 아주 벼르고 있었거든.

나: 왜요?

할아버지: 교장 선생 안사람이 이 촌구석이랑은 어울리지 않는 세련된 멋쟁이였는데, 그때 암 투병 중이었어. 항암치료를 하다가 잠깐 쉬는 중이었는데 영자 할멈이 그래도 교장 선생 마누라라고 그 집에 양파즙을 갖다준 거야. 나도 몰랐는데 암 환자는 그런 걸 함부로 먹으면 안 된다네. 여튼 교장 선생이 그걸 알고는 우리 교실까지 쳐들어왔어. 왜 아픈 사람한테 그런 걸 막 갖

다주냐고 난리가 났었지.

나: 교장 선생님 아내분은 다 나았어요?

할아버지: 낫긴 개뿔. 학교에 불이 났던 해에 죽었다.

나: 양파즙 때문에요?

할아버지: 뭐 그거 때문에 죽었겠냐! 갈 때가 됐으니까 간 거지. 교장 선생도 힘들었을 거야. 학교는 홀랑 타버렸지, 마누라 치료비도 억수로 많이 들었다고 하더라.

나: 할아버지는 캠프 날 밤 불이 났다는 걸 어떻게 아셨어요?

할아버지: 내가 자는 천막을 누가 막 흔들더라고. 불났으니까 얼른 나오라고. 밖에 나가보니까 어이구야, 학교 뒤쪽에서 시커먼 연기가 치솟더라. 다들 소리 지르고 난리가 났었어.

나: 소방서에는 누가 신고했어요? 불을 맨 처음 발견한 사람은요?

할아버지: 너는 궁금한 것도 많다! 가서 물이나 좀 떠 와라!

(나는 할아버지에게 물을 갖다 드렸다. 할아버지는 물을 다 마신 다음에 말했다.)

할아버지: 몰라.

나: 그럼 아시는 걸 말씀해 주세요.

할아버지: 금세 소방차랑 경찰차가 왔지, 뭘. 불구경은 아주 끝내주게 했다!

나: 분리수거장 옆에 있던 자동차는 누구 거였어요?

할아버지: 교장 선생. 그때만 해도 영자 할멈 담배 때문에 그 사달이 난 줄은 아무도 몰랐지.

나: 영자 할머니는 자기 때문에 불이 났다는 걸 순순히 인정하셨어요?

할아버지: 내가 그랬나, 아이고, 아닌 거 같은데. 아니야, 내가 맞나. 횡설수설했다고 하더라. 그래도 천막에서 영자 할멈이랑 같이 잤던 손자는 자기 할머니가 안 그랬다고 끝까지 우겼다. 쪼끄만 놈이 의리는 있어 가지고.

나: 영자 할머니 손자요? 윤시우? 시우 말은 왜 아무도 안 믿어줬어요?

할아버지: 아, 카메라에 담배 피우는 게 떡하니 찍혔는데 꼬맹이 말을 누가 믿어주냐!

나: 영자 할머니는 지금 감옥에 계세요?

할아버지: 노인네를 가둬서 뭐 하냐, 나랏돈만 아깝지. 감옥 가는 대신 벌금을 억수로 냈어. 그 일로 아들이 지 엄마한테 학을 뗐잖냐. 영자 할멈한테도 그 일이 충격이

었는지 치매 증상이 심해져서 지금은 요양원에 있다. 할멈이 살던 집은 내가 가끔 들여다보고 먼지도 쓸어 주고 있어. 열쇠를 나한테 주고 갔거든.

나: 그 불로 진송 초등학교는 문을 닫은 거예요?

할아버지: 그럼 건물이 작살났는데 어디에서 공부를 하냐? 나랑 순길이, 영자 할멈까지 그만두니 신입생도 없어졌고.

나: 할아버지랑 순길 할머니는 계속 학교에 다니셨어도…….

할아버지: 첨에 말했잖냐. 우린 세트였다고, 세트! 그런 일이 생겼는데 노인네들이 무슨 낯짝으로 또 학교에 가겠냐!

할아버지에게 더 묻고 싶은 내용은 없었다. 나는 인터뷰를 통해 알게 된 점과 궁금해진 점을 아랫부분에 정리했다.

알게 된 점

1. 교장 선생님과 영자 할머니는 사이가 좋지 않았다.
2. 주차장에 있던 차는 교장 선생님의 것이었다.
3. 영자 할머니는 자신이 불을 질렀다고 완전히 인정하지 않았다.

궁금한 점

1. 누가 학교에서 캠프를 하자고 했을까?

2. 캠프파이어도 했을까?

3. 소방서에 신고한 사람과 불을 맨 처음 발견한 사람은 누굴까?

인터뷰 파일에서 틀린 글자를 바로잡는 동안, 할아버지는 과거 일을 떠올리는 듯 착잡한 표정을 지었다. 나는 할아버지가 좋았다. 할아버지는 내 앞에서 절대 가면을 쓰지 않기 때문이다.

"새 학기인데 친구는 좀 사귀었냐?"

"아니요."

"만날 컴퓨터만 보지 말고 나도 같이 놉시다, 하고 들이대 봐! 세상에서 최고로 멋진 대학이 어딘 줄 아냐? 들이대야, 들이대!"

"애들은 제가 이상하고 재미없다고 생각해요."

할아버지는 담배 연기를 뿜어내듯 긴 한숨을 내쉰 뒤 다시 물었다.

"그럼 공부는 잘하고 있냐?"

두 번째 수업과 진송 별빛 캠프

"어떤 소설을 '추리소설'이라고 할……."

박수아 선생님의 말이 끝나기도 전에 해영이 손을 들었다. 그러고는 공책에 적어 온 말을 빠르게 읊기 시작했다.

"추리소설이란 범죄 사건에 대한 수사를 주된 내용으로 하며, 그 사건을 추리하여 해결하는 과정에 중점을 두는 소설입니다. 미스터리 소설이나 탐정 소설이라고도 하죠."

"해영이가 예습을 잘해 왔네. 우선 추리소설이 뭔지부터 알아야 제대로 된 추리소설을 쓸 수 있겠지? '추리소설'이라는 용어는 사실 일본에서 만들어졌어. 일본은 옛날부터 서양의 장르 소설들이 활발하게 번역됐거든. 그걸 읽은 일본 작가들이 자신만의 추리소설을 펴내기 시작하면서 탄탄한 기반이 만들어지기 시작했지. 그렇다면 아까 해영이가 추리소설을 '미스터리'라는 말로 부를 수도 있다고 했는데 그건 맞는 말일까?"

해영이 따지듯이 말했다.

"당연하죠. 국어사전에 나왔다니까요?"

추리소설 창작반의 회장이자 추리소설 마니아로 자신을 소개한 지안이 손을 들었다.

"'미스터리'는 신비나 비밀, 불가사의를 뜻하는 영어 단어예요. 미스터리 소설은 수수께끼나 괴담, 오컬트, 호러 같은 신비로운 이야기들을 뜻하기도 했지만 시간이 지나면서 범죄를 다루는 이야기를 대표하는 명칭이 됐습니다. 그러니 미스터리와 추리소설. 두 단어의 의미 차이는 거의 없어요."

지안의 말을 노트북에 기록하는 것도 잊은 채, 나는 진송 초등학교를 생각하고 있었다. 할아버지를 인터뷰한 뒤로 인터넷 기사를 모조리 찾아 읽었지만 새로 생긴 궁금증을 해결해줄 만한 기사는 없었다. 진송 초등학교 사건을 소설로 쓰려면 캠프 날 벌어진 일을 더 자세히 알아야 했다. 누가 그날 일을 정확히 기억할까 고민하던 중, 진송 초등학교 운동장에서 만났던 예나가 떠올랐다. 예나 어머님이 운영하는 캔들 공방에 전화를 걸어 캠프 날 이야기를 듣고 싶다고 하자 예나 어머님은 공방으로 찾아와도 좋다고 했다.

"오지은, 첫 시간부터 멍 때릴래?"

선생님과 아이들의 시선이 모두 나에게 쏠려 있었다.

"오늘은 첫 시간이 아니라 두 번째 시간입니다. 그리고 저는 멍 때리지 않았어요."

아이들이 일제히 웃음을 터뜨렸다. 해영이 말했다.

"쟤는 벌써 소설 소재도 정했어요."

선생님의 눈이 커졌다.

"그래? 지은아, 뭘 쓰기로 했는데?"

"진송 초등학교 화재 사건을 소설로 써보려고요."

"와, 그런 소재를 찾을 줄은 몰랐는데? 지은아, 선생님이 아까 이런 질문을 했어. 추리소설과 스릴러의 차이가 뭐냐고."

스릴러? 들어보긴 한 단어다. 나는 머릿속에 떠오르는 대로 대답했다.

"스릴러는 평범한 사건이 아니라…… 오싹한 사건이 등장하는 소설 같은데요."

"아주 틀린 말은 아니지만 정확한 대답은 아니야. 간단히 설명하자면 추리소설은 **'과거에 무슨 일이 일어났는가'**를 밝히는 소설이지만, 스릴러는 **'앞으로 무슨 일이 일어날 것인가'**

를 중요하게 생각해."

과거에 무슨 일이 일어났는가.

노트북에 그 말을 재빨리 입력했다. 그 문장을 가만히 보고 있자니 방향을 제대로 잡은 것 같아 기분이 좋아졌다. 이때 만나기로 한 예나 어머님이 인터넷에 없는 새로운 정보를 주기를 바랄 뿐이었다.

*

"왜 같이 가겠다는 거야?"

"이제 와서 의리 없이 굴래? 소설 같이 쓰기로 약속했잖아!"

"소설을 쓰러 가는 게 아니라 궁금한 걸 물어보러 가는 건데."

동아리 시간이 끝난 뒤, 해영의 성화에 못 이겨 진송 초등학교 이야기를 들려주었다. 할아버지에게 했던 인터뷰와 캔들 공방에서 예나 어머님을 만나기로 했다는 것까지.

"그냥 같이 가! 오늘은 학원 안 가서 할 일도 없단 말야. 집에 가봤자 동생들 때문에 귀만 찢어져."

"동생들이 몇 명인데?"

"남동생만 네 명. K장녀라고 들어봤냐? 그게 바로 나다!"

나는 교복 재킷에서 핸드폰을 꺼내며 말했다.

"예나 어머님께 같이 가도 되는지 물어볼게."

"미리 물어보면 안 된다고 할지도 모르잖아! 너, 혹시 나랑 노는 게 싫어서 그러냐? 애들이 다 나를 싫어하니까?"

뜻밖의 말에 머릿속이 잠깐 멍해졌다. 나는 솔직히 대답하기로 했다.

"너와 함께 가기 싫은 이유는 예나 어머님께 너도 올 거라고 말씀드리지 않았기 때문이야. 그리고 애들은 나도 싫어해."

"왜 싫어하는지는 알고?"

"말이 잘 통하지 않고, 나랑 이야기하면 재미있지 않으니까."

해영과 실랑이를 벌일 여유는 없었다. 나는 약속 시간에 늦는 것을 좋아하지 않는다. 누군가와 약속을 잡는 일도 거의 없지만 말이다. 결국 우리는 캔들 공방에 함께 가기로 했다.

가게 문을 열자 딸랑거리는 소리와 함께 온갖 향기로운 냄새들이 밀려들었다. 대충 묶은 긴 파마머리에 무척 마른 여자가 카운터 앞에 앉아 있었다.

"안녕하세요, 어제 전화드렸던 신용섭 할아버지의 손녀 오지은입니다. 제 옆 사람은 같은 반인 심해영이에요."

예나 어머님은 들어오라는 손짓을 보내며 몸을 일으켰다. 그리고 카운터 앞에 등받이 없는 작은 의자 두 개를 놓았다.

"할아버님은 안녕하시지? 진송리에서도 요즘은 통 못 봤네."

"네. 허리가 아프시지만 잘 계십니다."

"둘 다 앉아. 동아리 활동 때문이랬지? 무슨 활동인데?"

"저희는 지명여중 추리소설 창작반이에요. 진송 초등학교 화재 사건을 소설로 쓰려고요."

"중학생이 소설을 쓴다니 대단하네."

예나 어머님은 웃고 있었지만 그 미소가 가면이라는 것은 쉽게 알 수 있었다. 나는 불편한 마음에 엉덩이를 괜히 들썩였다. 예나 어머님의 가짜 미소 때문만은 아니었다. 예나 어머님이 맞은편에서 나를 빤히 쳐다보고 있는 데다 그분의 눈은 유난히 컸다. 고개를 수그린 채 노트북 덮개를 여는데 머리 위에서 다급한 목소리가 들렸다.

"설마 소설에 내 이름까지 넣을 건 아니지? 사람 이름이나 학교 이름 같은 건 바꿔야 할 텐데."

그런 생각은 하지 못했지만 예나 어머님 말이 맞는 것 같았다.

"바꾸겠습니다."

노트북 메모장에는 미리 작성해 둔 질문 목록이 들어 있었다. 나는 그 뒤로 이어진 예나 어머님과의 대화를 노트북에 기록했다.

진송 초등학교 사건 기록 4 - 예나 어머님 인터뷰

나: 이름을 알려주시겠어요?

윤지혜: 아, 윤지혜야.

나: 2년 전 진송 초등학교에서 열렸던 캠프에 예나와 가셨지요?

윤지혜: 예나 아빠도 같이 갔지. 캠프 이름은 '진송 별빛 캠프'였고. 네 전화를 받고 예나 방에 있던 파일을 뒤져보니까 그때 받은 공문이 아직도 있더라. 볼래?

(윤지혜 씨는 학교에서 보낸 공문을 보여주었다. 공문에 적힌 캠프 행사 순서는 아래와 같다.)

시간	내용
3시	운동장 집합
3시 ~ 3시 30분	교장 선생님 인사 말씀
3시 30분 ~ 4시	안전 교육
4시 ~ 5시	텐트 설치
5시 ~ 6시 30분	저녁 식사 및 뒷정리
6시 30분 ~ 7시 30분	자유 놀이 시간
7시 30분 ~ 9시	영화 감상(빔프로젝터 이용)
9시 ~ 10시	캠프파이어
10시	뒷정리 및 취침

나: 진송 별빛 캠프는 누가 하자고 했어요?

윤지혜: 당시 교무부장이었던 이미경 선생님. 그분이 아이디어를 내셨고, 김동석 선생님이랑 같이 준비했다고 들었어. 대부분의 일은 동석 샘이 다 했겠지만. 동석 샘 어머니가 여름 방학 전에 갑자기 돌아가셔서 마음이 안 좋았을 텐데 이런 행사까지 준비하느라 고생이 많았지.

나: 두 분은 지금 어디에 계세요?

윤지혜: 미경 샘은 필리핀으로 이민 가셨어. 동석 샘은 혁신 도시에서 글쓰기 학원을 운영하시고.

나: 공문을 보니까 그날 캠프파이어도 했네요.

윤지혜: 캠프에 캠프파이어가 빠지면 섭하지! (목소리 갑자기 밝아짐) 장작이랑 캠프파이어 착화제는 내가 가져갔어. 그때도 이 가게를 했거든.

나: 캠프파이어 착화제가 뭐예요?

윤지혜: 장작에 불을 붙일 때 쓰는 거야. (윤지혜 씨가 동그란 검은색 캔들을 가져옴) 이게 내가 친환경 재료로 만든 수제 캔들 점화제야. 장작들 위에 이 캔들을 놓고 불을 붙이면 돼. 요즘에는 캠핑 인구가 많아져서 이 캔들 점화제 인기가…….

나: 캠프파이어를 한 뒤에 불은 잘 껐나요?

윤지혜: 당연하지! 안 그래도 영자 할머님이 범인으로 밝혀지기 전에는 그때 썼던 장작 때문에 불이 난 게 아니냐는 소리가 많았어. 그때 출동했던 화재조사관님도 캠프파이어에 대해 꼬치꼬치 물었고. 원래 캠핑장에 가면 재와 장작을 버리는 데가 따로 있거든? 우리는 그런 상황이 아니어서 일단 장작을 식히려고 운동장 한 구석에 쌓아 뒀어.

나: 불이 났다는 건 어떻게 아셨나요?

윤지혜: 그런 행사를 하다 보면 순서가 조금씩 뒤로 밀리잖아. 다들 정리를 마치고 텐트에 들어간 시간이 10시 30분쯤이었나. 나는 머리가 닿자마자 잠드는 스타일이라 그대로 잠이 들었지. 한창 자고 있는데 남편이 나를 막 흔들어 깨우더라고. 글쎄, 학교에 불이 났다는 거야! 난 본능적으로 예나부터 찾았어. 당시에 4학년 애들이 네 명이었는데 한 텐트에서 자겠다고 우겼거든. 텐트 밖으로 나갔더니 애들은 벌써 나와 있더라. 동석 샘은 돌아다니면서 아직 텐트에 있는 사람들을 깨우고 있었고.

나: 불길을 맨 처음 발견한 사람이 누군지 아세요? 소방서에 신고한 사람은요?

윤지혜: 그건 잘 모르겠고, 원래는 텐트를 치는 과정이 번거로우니까 잠은 학교 3층에 있는 강당에서 자자는 얘기가 있었어. 하필이면 캠프가 열리는 날 태풍 예보도 있었거든. 어른들은 안전하게 강당에서 자자고 했지만 동석 샘이 아이들이 텐트에서 자고 싶어 하니까 원래 계획대로 하자고 밀어붙였지. 동석 샘이 은인이지, 만약 3층에서 잤더라면 어쩔 뻔했니? 건물에 꼼짝

없이 갇혔을 거 아냐! 게다가 4학년 애들이 학교 안에서 몰래 담력 체험을 했다는 거 있지? 지금 생각해도 아찔해서 정말!

나: 담력 체험요?

윤지혜: 그래! 4층 과학실에 귀신이 있다나 뭐라나. 예나랑 다른 애들 셋이서 그걸 보겠다고 오밤중에 학교 건물로 들어갔대. 그래서 자기들끼리 같은 텐트에서 자겠다고 우겼던 거고. 애들이 계단에서 내려오다가 영자 할머니가 분리수거장에서 담배를 피우는 것도 봤다고 하더라고.

해영: 과학실에서 귀신은 봤대요?

나: 그런 얘기는 인터넷에 없었어요. 영자 할머니를 직접 본 사람들도 있었던 거네요.

윤지혜: 영자 할머니가 찍힌 CCTV에 애들도 찍혔지. 경찰이 애들은 또 누구냐고 해서 그때 밝혀졌잖아. 나랑 애 아빠가 한밤중에 학교에는 왜 들어갔느냐고 몰아붙이니까 그제야 담력 체험 얘기를 털어놓더라고. 사실은 자기도 영자 할머니가 담배 피우는 걸 봤다고 하고. 그 말을 듣고 가슴이 얼마나 철렁했는 줄 아니?

나: 아이들은 다니던 학교를 떠나서 슬퍼했나요?

윤지혜: 솔직히 그렇지도 않아. 아침마다 스쿨버스가 데리러 오는 것도 재밌어하고, 성운 초등학교 건물은 훨씬 최신식이라고 좋아해. 특히 화장실이 비교도 안 되게 깨끗하다나. 예나한테 그런 말을 들으면 오히려 잘됐다 싶기도 해. 우리가 서울에서 살다가 귀농했잖니. 예나는 언제나 서울로 돌아가고 싶어 했어. 걔가 특히 벌레를 무서워하거든. 애가 시골이 하도 싫다고 하니까 나는 다시 올라갈 마음도 있었는데…….

나: 왜 다시 서울로 안 가셨어요?

윤지혜: 우리 남편이 욱할 때가 좀 있어. 그런 얘기를 꺼냈다가는 애만 감싸고 돈다고 화를 낼 게 뻔해서…… 괜히 싸움만 날 거 같고…….

나: 이미경 선생님과 김동석 선생님 전화번호를 아시나요?

윤지혜: 미경 샘은 연락하고 지내자고 메일 주소를 주고 가셨어. 이따 네 핸드폰 번호로 보내줄게. 동석 샘은 글쓰기 학원으로 전화해 봐. 학원 이름도 문자 메시지로 같이 넣어줄게.

나: 그날 일에 대해 더 하실 말씀은 없으신가요?

윤지혜: 너희 앞에서 이런 말은 좀 그렇지만 모든 일에는 다 때가 있다고 하잖니? 치매기도 있는 노인네가 어떻게

학교에 다닐 마음을 먹었는지 모르겠어. 솔직히 난 그 할머니 처음부터 불안했거든. 아, 이걸 까먹을 뻔했네. 그날 자유 놀이 시간에 찍은 건데 아직 핸드폰에 남아 있더라.

(윤지혜 씨는 우리에게 동영상을 보여주었다. 태풍 예보가 있었다더니 하늘은 확실히 흐렸고, 운동장에 늘어선 텐트들도 바람에 흔들리고 있었다. 아이들은 그런 날씨 속에서도 물총을 들고 뛰어다녔다. 어른들은 플라스틱 테이블과 의자에 앉아서 아이들을 지켜보거나 음료수와 과자를 먹고 있었다.)

윤지혜: 참가자들 텐트는 학교 건물을 정면으로 봤을 때 왼쪽에 있었어. 교직원들 텐트는 오른쪽이었고.

나: 이 동영상도 보내주실래요?

윤지혜: 그래. 이제 끝난 거지?

나: 담력 체험을 했다는 아이들은 누구예요?

윤지혜: 우리 예나랑 송지민, 그리고 쌍둥이인 김겨울, 김봄. 아, 송지민 형도 중학생이야. 지성 중학교 야구부라던데 너희는 모르려나?

나: 네, 몰라요.

윤지혜: 송지호. 몇 학년인지는 정확히 모르겠네. 자, 이제 슬슬 정리할까?

해영: 잠깐만요! 과학실에서 귀신은 봤냐니까요?

진송 초등학교 건물 배치도

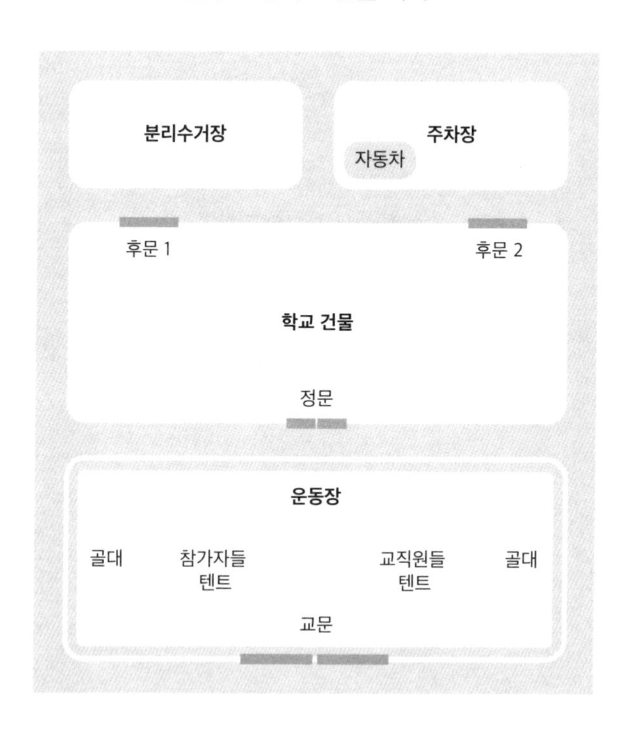

알게 된 점

1. 4학년 네 명이 학교 건물에서 담력 체험을 했다.
2. 영자 할머니가 담배 피우는 모습을 본 목격자들이 있다.
3. 예나는 성운 초등학교로 전학을 가서 행복해졌다.
4. 송지민 형이 송지호라고??? ★★★★★

궁금한 점

1. 불길을 맨 처음 발견한 사람은 누굴까? 소방서에 신고 전화를 한 사람은?
2. 송지호도 진송 별빛 캠프에 참가했을까?

문에 달린 경종 소리가 사라지기도 전에 해영이 말했다.

"저 아줌마, 진짜 왕재수다."

"왜?"

"손님한테 물도 안 주잖아! 서울 사람들은 싸가지가 없다더니. 야, 싸보. 다음에는 담력 체험 했다는 잼민이들을 만나 보자."

"우리는 손님이 아니야. 그리고 너는 그 애들을 왜 만나고 싶은데?"

혹시 얘도 송지호를 좋아하나.

"내 추리소설은 지명여중 3대 불가사의를 해결하는 명탐정 얘기라고 했잖냐! 과학실 귀신 얘기가 소설에 도움이 될까 싶어서. 그리고 내가 괴담을 좋아하거든."

"예전부터 궁금했는데 지명여중에 3대 불가사의가 있어?"

"바보냐? 이제부터 만들어야지."

해영과 대화를 나누는 와중에도 내 심장은 너무나 빨리 뛰고 있었다. 과학실 귀신 때문은 아니었다. 예나 어머님이 지호의 이름을 말한 순간부터 내 머릿속은 온통 지호 생각뿐이었다.

"야, 싸보. 너 예나 전화번호는 아냐? 모르면 다시 들어가서 물어보자."

"아니야. 그럴 필요 없어."

지금 가장 필요한 것은 예나의 전화번호가 아니라 속마음을 들키지 않는 완벽한 가면이었다. 나는 최선을 다해 가면을 썼지만 그럼에도 해영이 내 마음을 알아차릴까 싶어 딴 곳을 보며 말했다.

"내일 송지호를 만나서 말하면 되지. 네 동생 송지민과 얘기하게 해달라고."

"그러시든지."

"근데 '잼민이'는 누구야?"

좋아하는 마음

다음 날, 우리는 낮은 담장에 배를 붙인 채 야구부 훈련이 끝나기를 기다렸다. 하얀 바지에 새파란 웃옷. 선수들은 모두 똑같은 유니폼을 입고 있었지만 나는 지호를 쉽게 찾을 수 있었다. 지호의 키가 제일 크기 때문만은 아니었다. 1학년 첫날, 급식실에서 지호를 처음 본 뒤로 지호가 어디 있든 내 눈에만 보이는 화살표가 지호의 머리 위에서 그 애를 가리키고 있었다.

지호는 얼굴이 까무잡잡했고, 머리가 야구 글러브보다 작았으며, 콧대가 유난히 오뚝했다. 그리고 눈이 나쁜지 미간을 찌푸리는 버릇이 있었다.

아이돌에게 빠져서 똑같은 유튜브 영상을 수십 번씩 돌려

보거나 굿즈를 사는 데 용돈을 탕진하는 애들을 볼 때면 한심하다고 생각한 적이 있었다. 아무리 정성을 쏟아도 아이돌은 이쪽을 전혀 모를 테니 말이다. 하지만 따지고 보면 한심하기는 나도 마찬가지다. 송지호 역시 내가 이 세상에 존재하는지조차 모를 테니까. 이런 내가 답답해서 이제 그만 포기하자고 생각한 적도 많았지만 누군가를 좋아하는 마음이란 그렇게 쉽게 꺾을 수 있는 것이 아니다.

손을 덜덜 떨고 있는 나와 달리 해영은 심드렁한 얼굴로 운동장을 쳐다보고 있었다.

"심해영, 송지호랑 얘기해 본 적 있어?"

"아니."

"나도 없어."

"어쩌라고?"

"야구부 훈련이 끝나면 네가 말을 걸까, 내가 걸까?"

"그게 뭔 상관인데? 근데 쟤들 중에 누가 송지호냐? 다 똑같이 생겼는데. 아, 그냥 불러보면 되겠네."

마침 훈련을 마치고 흩어지는 선수들을 향해 해영이 냅다 소리쳤다.

"송! 지! 호!"

지호가 우리 쪽을 쳐다보자 해영이 이쪽으로 오라는 손짓을 보냈다. 다른 선수들은 우어, 으아 같은 해괴한 소리를 내며 낄낄거렸다. 지호가 가까이 다가올수록 내 심장은 교복 재킷을 뚫고 홈런볼보다 멀리 날아갈 것 같았다. 해영은 지호가 숨도 고르기 전에 다짜고짜 물었다.

"네 동생이 송지민이냐?"

"어, 맞는데."

"우리가 동아리 활동 때문에 진송 초등학교 화재 사건을 조사 중이거든? 네 동생 좀 만날 수 없냐?"

"지금?"

이번에는 지호의 시선이 나를 향했다. 염소 울음보다 더 떨리는 목소리가 내 입에서 튀어나왔다.

"그…… 그날 했다는 담력 체험 얘기가 궁금해서. 도와주면 고맙겠어."

지호의 얼굴을 이렇게 가까이에서 본 건 처음이었다. 친구들과 있을 때는 잘만 웃더니 우리를 쳐다보는 시선은 무뚝뚝하기 그지없었다. 그래도 이런 기회가 자주 올 리 없으니 지호의 모습을 최대한 마음속에 담아 두기로 했다.

"학원에 갔을지도 모르는데. 근데 너희는 몇 학년이야? 그때 얘기가 왜 궁금한데?"

"우리 둘 다 3학년이고 나는 심해영, 얘는 오지은. 동아리는 추리소설 창작반. 대작 탄생 중이지."

지호의 미간에 내가 잘 아는 주름이 잡혔다. 이 상황이 완벽히 이해되지 않는 얼굴이었지만 다행히 이렇게 말했다.

"옷 갈아입으면서 전화해 볼게. 교문 앞에서 잠깐 기다리든가."

"어떤 교문인지 정확히 말해주면 좋겠어. 이곳에는 지성중 교문과 지명여중 교문이 두 개 있으니까."

지호가 나를 보고 피식 웃었다.

"내가 너희 교문 앞으로 갈게."

세상에, 친절하기도 하지.

*

송지민을 만나는 일은 생각보다 쉽게 진행됐다. 지민은 학원에 가기 전이었고, 자기 아파트 놀이터에서 우리를 기다리겠다고 했다. 놀이터에 도착한 나와 해영은 예상하지 못한 광경을 맞닥뜨렸다. 아이들 네 명이 놀이터 정자 안에 동그랗게 모여 앉아 있었다. 지호가 말했다.

"그때 같이 있었던 애들 다 부르라고 했어. 얘가 내 동생 송지민이고."

지민은 형과 닮은 구석이 하나도 없는, 호빵처럼 하얗고 이목구비가 동글동글한 남자아이였다. 옛날 일을 듣고 싶다고 하니 긴장됐는지 지민은 통통한 손가락을 쉴 새 없이 꼼지락댔다. 함께 앉아 있던 예나가 나를 보고 손을 흔들었다.

"나도 왔어, 언니. 우리 엄마도 만났다며?"

"응, 안녕. 너는 진송리에 사는데 어떻게 여기까지 왔어?"

예나의 얼굴이 빨개졌다.

"엄마 캔들 공방에서 놀고 있었어. 그리고 나도 학원은 혁신 도시에서 다니거든!"

지호가 나머지 두 아이를 턱짓으로 가리켰다.

"쟤들은 쌍둥이야. 김겨울, 김봄."

김겨울이 남자아이, 김봄이 여자아이였다. 둘 다 까무잡잡한 피부에 얼굴이 묘하게 닮아 있었다. 나는 아이들 옆에 앉아 노트북을 꺼냈다.

진송 초등학교 사건 기록 5 - 송지민, 박예나, 김겨울, 김봄 인터뷰

나: 2년 전 8월 4일, 진송 별빛 캠프 날 밤. 너희는 학교 건물에 들어가 담력 체험을 했지. 4층 과학실을 보러

갔다던데. 그 일에 대해 말해줄래?

겨울: 과학실 괴담부터 알아야 되는데!

해영: 내가 궁금했던 게 그거야. 빨리 말해봐.

겨울: 옛날옛날 1학기 마지막 날이었어. 어떤 남자애가 선생님 심부름으로 과학실에 실험 도구를 가져다 두러 갔지. 그리고 집에 가려는데 문이 잠겨 있는 거야! 선생님이랑 애들은 다 집에 가버려서 그 남자애는 과학실에 갇혀버렸어. 과학실은 4층에 있어서 창문으로 뛰어내리지도 못하고 남자애는 과학실에서 굶어 죽었지. 결국 개학 날이 되어서야 선생님이 남자애를 발견했어. 남자애 옆에는 일기장이 있었는데 거기 뭐라고 써 있었는 줄 알아?

나: 몰라.

봄: 내가 말할래, 내가! '배고픔은 두렵지 않다. 가장 무서운 것은 열쇠 구멍 틈으로 나를 지켜보는 수위 아저씨의 눈이다.'

(정적)

나: 열쇠 구멍 틈으로 사람 눈이 보인다 해도 수위 아저씨

눈인지 어떻게 알아?

(다시 정적)

나: 4층에서 뛰어내리지는 못해도 창문을 두들기면서 소리는 지를 수 있었을 텐데.

겨울: 방학이었다니까! 아무리 두들겨도 멀리까지는 안 들려!

나: 방학에도 선생님들은 가끔 출근하셔.

겨울: 진짜인데 왜 안 믿어! 김동석 선생님이 해준 얘기라니까! 밤 12시에 과학실 문을 두드리면서 '나랑 같이 놀래?'라고 세 번 물으면 그 남자애 귀신이 문을 열어준대!

해영: 하, 완전 실망이네. 잼민이들아, 그 괴담은 인터넷에 쫙 깔린 내용이란다. 김동석 샘도 인터넷에서 보고 얘기해 줬겠지!

나: 그 괴담이 진짜인지 확인하려고 학교에 들어갔어?

봄: 응! 엄마 아빠랑 같이 자면 텐트에서 몰래 나오다 들킬지도 모르잖아. 그래서 우리 넷이 같은 텐트에서 자겠다고 했지! 꼭 12시에 문을 두들겨야 하니까 10분 전에 텐트에서 나왔고. 근데 정문이 잠겨 있어서

학교 뒤로 돌아가서 후문으로 들어갔어.

나: 어떤 후문? 분리수거장 맞은편에 있는?

봄: 응. 거기로 가야 과학실이 가까워.

해영: 그래서 과학실 귀신은 봤냐?

봄: 드디어 과학실 앞에 도착했는데 진짜 무서웠어. 서로 문을 두들기라고 미루다가 금세 12시가 됐지. 그래서 내가 문을…….

겨울: 웃기지 마, 내가 두드렸거든! 근데 아무 대답이 없어서 문을 열어봤지. 그리고 안으로 살짝 들어갔는데 진짜 소름 끼치는 웃음소리가 들리는 거야! 완전 놀라서 1층까지 소리를 지르며 뛰어 내려왔어. 근데 분리수거장 쪽에 누가 있는 거야. 귀신인 줄 알고 또 소리를 질렀어!

나: 영자 할머니가 담배 피우시는 것도 봤어?

예나: 다른 애들은 잘 못 봤을 거야. 소리 지르면서 도망치기 바빴거든. 나는 그때 발목을 살짝 삐어서 빨리 뛸 수가 없었어. 그래서 영자 할머니가 담배 피우는 걸 봤지.

나: 얼굴도 정확히 봤어?

예나: 아니. 계속 뒤돌아 계셔서 못 봤어. 근데 영자 할머니

가 맞아.

나: 얼굴을 못 봤는데 어떻게 알아?

예나: 거기에서 담배 피우는 사람은 영자 할머니밖에 없었어. 옷이랑 머리도 똑같았고.

나: 어떤 옷을 입고 계셨는데? 머리는 어땠고?

예나: 할머니는 맨날 똑같은 꽃무늬 블라우스에 종아리까지 오는 보라색 바지를 입고 다녔어. 머리는 짧은 파마머리.

나: 너희 중에 영자 할머니 얼굴을 제대로 본 사람 있어?

(모두 고개를 흔들었다.)

나: 분리수거장을 지나간 뒤에는 다시 텐트로 돌아와서 잤어?

봄: 우리 넷 다 심장이 쿵쾅거려서 한동안 못 잤어. 억지로 눈을 감고 있는데 어른들이 텐트로 들어와서 깨웠어. 학교에 불이 났다고.

나: 너희는 2학기부터 성운 초등학교에 다녔어. 진송 초등학교가 불타버려서 섭섭하지는 않았어?

겨울: 난 멀미해서 버스 타는 거 싫어!

봄: 난 여기나 저기나 상관없어. 학교가 다 똑같지, 뭐.

나: 예나, 너는?

예나: 난 너무 좋았어! 성운 초등학교가 훨씬 깨끗하고 벌레도 없거든.

나: 혹시 불길을 맨 처음 발견한 사람이 누군지 알아? 소방서에 신고 전화를 한 사람은?

(아이들은 슬슬 지루해진 얼굴로 고개를 흔들었다.)

나: 질문은 이제 끝이야. 만나줘서 고마워.

해영: 잠깐! 그래서 남자애 귀신은 봤냐?

알게 된 점

1. 아이들이 들은 과학실 괴담은 김동석 선생님이 들려줬다.
2. 과학실에서 귀신 웃음소리가 들렸다.
3. 영자 할머니의 얼굴을 정확히 본 아이는 아무도 없다.

궁금한 점

1. 불길을 맨 처음 발견한 사람은 누굴까? 소방서에 신고 전화를

한 사람은?(빠른 해결 필요! ★★)

지민을 뺀 아이들은 학원에 갈 시간이라며 놀이터를 떠났다. 지호가 동생에게 물었다.

"야, 송지민. 넌 왜 아무 얘기도 안 하냐?"

"다른 애들이 알아서 말해서……."

지민은 나와 눈이 마주치자 고개를 돌리고 아까처럼 손가락을 꼼지락댔다. 나는 지호에게 궁금했던 점을 물었다.

"너는 진송 별빛 캠프에 안 갔어?"

"어. 그때는 나도 중학생이었는데 방학마다 야구부에서 전지 훈련을 가서."

"너도 김동석 선생님을 알아? 불길을 처음 발견한 사람이 누군지 궁금한데. 소설에 그 내용은 꼭 넣어야 해."

김동석 선생님의 이름이 나오자 뚱하던 지호의 얼굴이 밝아졌다.

"나도 진송 초등학교에 다녔으니까 알지. 내가 중학교에 들어가면서 우리 집도 혁신 도시로 이사했거든. 동석 샘 수업도 재밌게 하고 엄청 친절해. 나 아직도 그 샘이랑 인친이야."

"인친? 인간 친구?"

해영이 내 등을 때렸다.

"야, 싸보! 너 때문에 쪽팔려 죽겠다. 인간 친구가 아니라 인스타그램 친구!"

지호는 나를 비웃는 대신 자기 핸드폰을 내밀었다. 나는 화면을 아래로 내리며 사진들을 살폈다. 김동석 선생님의 인스타그램에는 아기 사진이 특히 많았다. 할아버지는 우리 엄마가 십 년만 젊었어도 김동석 선생님을 소개시켜 주고 싶다고 했는데, 결혼 소식은 모르는 모양이었다. 김동석 선생님의 셀카도(나도 '셀카' 정도는 안다) 간간이 보였다. 싹싹하고 친절하다는 평판답게 선생님은 모든 셀카마다 유난히 고르고 하얀 치아를 드러내며 웃고 있었다. 사진들을 보며 아까 들은 이야기를 생각하던 중 뜬금없는 의문이 떠올랐다.

"영자 할머님은 청력이 좋으셨을까?"

지호가 핸드폰을 다시 받아들었다.

"무슨 말이야?"

"아이들은 4층부터 소리를 지르며 내려왔어. 분리수거장에 있는 영자 할머니를 보고 귀신인 줄 알고 또 소리를 질렀고. 영자 할머니도 학교 건물에 다른 사람이 있을 줄은 몰랐을 텐데. 그러면 할머니도 놀라서 뒤를 돌아봤어야 하지 않을까?"

해영이 끼어들었다.

"그 분리수거장에 가로등 있어?"

나는 기억을 더듬었다.

"아니."

"그럼 엄청 어두웠을 거 아니냐. 영자 할머니가 고개를 돌리고 잼민이들을 봤다고 해도 걔들이 할머니 얼굴을 못 봤을지도 모르지. 아니면 귀가 잘 안 들려서 잼민이들이 꽥꽥대는 소리를 못 들었을지도. 우리 할머니도 보청기를 안 끼면 내가 겁나 큰 소리로 말해야 알아듣거든."

가능한 일이다. 영자 할머니는 그때 일흔 살이었으니 청력이 충분히 약할 수 있다.

"영자 할머니의 청력이 어땠는지 꼭 알고 싶어?"

지호가 내 눈을 빤히 쳐다보며 묻는 바람에 하마터면 심장이 멈출 뻔했다. 나는 얼떨결에 고개를 끄덕였다.

"그럼 동석 샘한테 물어봐. 내가 디엠 보내줄게."

디엠? 그것도 처음 듣는 단어였지만 나는 또다시 고개를 끄덕였다.

지호가 집으로 돌아간 뒤, 해영은 나를 위해 인스타그램 속성 과외를 시작했다. 일단 핸드폰에 인스타그램 어플을 내려받고 회원 가입을 한 뒤 해영과 지호를 '팔로잉'했다. 지호는 집에서 핸드폰을 보고 있었는지 금세 '맞팔'을 해주었다. 지호의 인스타그램에는 어떤 사진들이 있는지 궁금했지만 해영이 옆에 있어 볼 수가 없었다. 해영은 '팔로잉' 숫자보다 '팔로워' 숫자가 중요하다고 거듭 강조했는데, 정작 해영의 팔로워 숫자는 열 명밖에 되지 않아 의아한 마음이 들었다.

"디엠 왔으니까 열어봐. 송지호가 보냈나 본데."

"뭘 누르면 돼?"

"한 번 말하면 좀 알아들어라! 종이비행기처럼 생긴 아이콘이랬잖아."

해영이 가리키는 아이콘을 누르자 지호가 보낸 디엠이 떴다.

Jiho04 동석 샘이 학원으로 와도 된대. 핸폰 번호는 이거. 추리소설 잘 써!

지호의 짧은 글을 읽는 동안 심장이 사르르 녹아 없어지는 기분이 들었다. 2년 동안 멀리서 바라보기만 했던 애와 이야기를 나누고, '인친'이 되고, '디엠'까지 받게 되다니. 추리소설을 완성하지 못한다 해도 이것만으로도 충분할 것 같았다.

해영이 콧바람을 내뿜으며 말했다.

"어이가 없네. 인스타 전문가는 난데 왜 너한테 디엠을 보내는데?"

뜻밖의 사실들

다음 주 월요일, 나와 해영은 학원들이 모여 있는 혁신 도시의 한 거리를 걷고 있었다. 지호가 아니었으면 김동석 선생님까지 만날 생각은 하지 않았을 것이다. 김동석 선생님이 계속 궁금했던 점들(최초 목격자와 신고자)을 해결해 준다면 이제 사람들을 만나고 다니는 일은 그만두어도 될 것 같았다.

김동석 선생님이 운영하는 글쓰기 학원은 작은 상가의 5층에 있었다. 하필이면 엘리베이터가 점검 중이라 우리는 계단을 오르느라 숨을 헐떡이며 학원으로 들어갔다.

"들어오세요!"

컴퓨터 앞에 앉아 있던 김동석 선생님이 활짝 웃으며 의자에서 일어났다. 실제로 본 선생님은 생각보다 키가 작았고 몸집이 왜소했지만, 유난히 하얗고 가지런한 치아는 인스타그램 사진과 똑같았다.

"지명여중 오지은, 심해영 학생?"

선생님의 맑고 낭랑한 목소리를 들으며 나와 해영은 고개를 꾸벅 숙였다.

"만나서 반가워. 상담실로 들어갈까?"

상담실에는 탁자를 사이에 둔 소파 두 개가 놓여 있었다. 우리는 선생님과 마주 보고 앉았다. 선생님이 작은 유리병에 든 오렌지 주스를 건네며 물었다.

"둘 중에 누가 셜록 홈즈고, 누가 닥터 왓슨이지?"

"저는 오지은, 제 옆사람은 심해영입니다만."

선생님은 소리 내어 웃으면서도 내 눈을 빤히 쳐다봤다. 나는 선생님의 시선을 피하며 선생님의 빈 옆자리를 흘끔거렸다. 마음 같아서는 눈을 마주치지 않아도 되는 선생님의 옆자리로 얼른 옮겨 앉고 싶었다.

"지호한테 얘기 들었어. 추리소설 창작을 위해 진송 초등학교 사건을 조사하고 있댔지? 자료 조사를 열심히 하는 건 좋지만 그 사건을 소설에 그대로 가져다 쓰면 곤란하지 않을까?"

"동아리 선생님께서 실제 범죄 사건을 취재해서 쓴 작품도 범죄 문학이 된다고 하셨어요. 대신 학교 이름과 사람들 이름은 바꾸려고요."

"좋아. 궁금한 건 얼마든지 물어봐."

선생님은 그렇게 말했지만 내가 노트북 덮개를 열자 불편한 표정을 지었다.

"내가 하는 말을 일일이 기록하려고? 우리, 그냥 편하게 얘기하면 안 될까?"

선생님이 불편하다면 억지를 부릴 수는 없었다. 노트북을 책가방에 집어넣고 대신 연습장과 필통을 꺼냈다. 미리 작성한 질문 목록은 다행히 내 머릿속에 남아 있었다.

"메모는 해도 돼요?"

"얼마든지."

"할아버지 할머니 신입생이 왔을 때는 기분이 어떠셨나요?"

"솔직히 처음에는 난감했어. 왜 하필 내가 1학년 담임인가 한탄스럽기도 했고. 아, 지은이가 신용섭 할아버님 손녀랬지? 할아버님은 건강하시니?"

"허리가 아프다고 하세요."

"아휴, 저런. 안부 꼭 전해주렴. 어쨌든 처음에는 떨떠름했지만 입학식에 참석하신 어르신들을 보고는 마음이 바뀌었어. 그분들 표정이 정말…… 설레 보이셨거든. 나는 살면서 그런 표정을 언제 지어봤나 싶더라. 그때 결심했어. 최선을 다해서 이분들을 가르치겠다고."

"세 분은 학교에 열심히 다니셨나요?"

"그럼! 모두 훌륭한 학생이었어. 지각 한 번 안 하시고, 숙제도 꼬박꼬박 해오시고."

"힘든 점은 없으셨어요?"

"내가 수업할 때 자꾸 끼어드시는 거? 또…… 영자 할머님이 쉬는 시간마다 분리수거장에서 담배를 피우셨어. 교장 선생님도 질색하셨는데 아무리 말려도 안 들으시더라고."

"진송 별빛 캠프는 그때 교무부장이었던 이미경 선생님의 아이디어였죠?"

"맞아. 다른 학교에서도 가끔 이런 행사를 한다고 부장 샘이 우리도 해보자고 하시더라고. 우리는 학생 수가 워낙 적어서 준비하기 어려울 것 같지도 않았고, 나도…… 좀 몰두할 만한 일이 필요했어. 여름 방학 직전에 어머님이 돌아가셨거든."

김동석 선생님은 잠시 입을 다물었다. 가라앉은 공기 속에서 해영이 주스병 뚜껑을 여는 뻥 소리만 울려 퍼졌다. 나는 조심스레 물었다.

"불길을 맨 처음 발견한 사람이 누군지 아시나요?"

"내가 발견했어. 고단해서 금세 잠이 들었는데 귓가에서 모기 소리가 나더라. 도저히 잠을 못 자겠어서 텐트를 살짝 열었는데 매캐한 냄새가 느껴졌어. 제일 먼저 생각난 건 캠프파이어 장작이었지. 혹시 불이 안 꺼졌나 싶어서 텐트 밖으로 나왔는데 학교 건물 뒤쪽에서 연기가 치솟는 거야. 근처로 달려가 보니 소화기로 끌 정도의 불이 아니었어. 바로 소방서에 신고하고, 불이 났다고 외치면서 텐트를 흔들고 다녔지."

김동석 선생님은 계속 궁금했던 점 두 가지를 한 번에 해결해 주었다. 선생님이 불길을 맨 처음 발견한 사람이자, 소방서에 신고한 사람이었다. 하지만 홀가분한 내 마음과 달리 선생님의 표정은 어두워 보였다.

"그때만 해도 분리수거장에서 불길이 시작됐다는 것도, 영자 할머님이 거기에서 담배를 피우셨다는 것도 몰랐어."

"영자 할머님은 당시에 귀가 잘 들리셨나요?"

"청력이 안 좋다는 인상을 받은 적은 없었는데……. 그건 왜 묻지?"

해영이 담력 체험 멤버들의 이야기를 들려주었다. 아이들이 소리를 고래고래 지르며 내려왔는데도 영자 할머니는 한 번도 뒤돌아보지 않았다고. 해영이 물었다.

"그 유치찬란한 과학실 괴담요. 잼민이들 말로는 선생님이 얘기해 줬다던데."

"응, 맞아. 고맘때 애들이 귀신 얘기를 워낙 좋아하잖니. 일주일에 한 번씩 학생들을 모아 놓고 컴퓨터 수업을 했는데 마침 폭우가 쏟아지던 날이었어. 아이들이 무서운 얘기를 해달라고 졸라서 예전에 주워 들었던 괴담을 들려줬지. 하지만 그렇다고 아이들이 캠프 날 밤에 과학실에 올라갈 줄은 몰랐어."

궁금했던 점들은 거의 해결됐다. 이제 마지막 질문들을 할 차례였다.

"담력 체험을 했던 아이들이 그러는데 학교 건물 정문이 잠겨 있었다고 했어요. 정문은 원래 잠가 두나요?"

"글쎄…… 예전 일이라 모르겠는데. 나는 그날 문단속까지 한 기억은 없고. 어쨌든 나한테는 첫 학교라 당시에는 많이 섭섭했지만 지금 생각하면 잘된 일이었다 싶기도 해."

"왜요?"

"진송 초등학교는 진송리의 상징 같은 학교였지만 교육 환경은 성운 초등학교가 나아. 더 많은 아이들과 어울려야 사회성 발달에도 좋고, 경쟁심이 생겨서 공부도 열심히 할 테니까. 그리고 진송리에 국내 최대 규모의 펫 리조트가 들어오는 건 알지?"

할아버지 집에 가는 길에 봤던, '진송 펫 파크 리조트 건립 승인!'이라고 써 있던 플래카드가 떠올랐다. 해영이 물었다.

"펫 리조트? 개랑 같이 자는 리조트예요?"

"그렇지. 반려동물이랑 함께 지내는 숙박 시설이야. 리조트 회사에서 건축을 원하던 부지에 진송 초등학교 자리가 딱 끼어 있었거든. 폐교 절차를 밟게 된 뒤로 리조트 회사에서 진송 초등학교 부지를 샀어. 이제 건립 승인도 끝났으니까 금세 학교 건물을 철거하고 공사를 시작할걸. 그렇게 되면 진송리도 몰라보게 발전할 거야."

내가 말했다.

"인터넷에는 그런 얘기가 안 나오던데요."

"나도 예전에 교장 선생님께 들었어. 리조트 건립 추진위원회장이 진송리 출신이고, 교장 선생님의 제자이기도 해서 두 분이 자주 만나는 모양이더라고."

"그 위원회장이라는 사람이 누군데요?"

"그건 나도 모르겠는데."

나와 해영은 서로의 얼굴을 쳐다봤다. 진송 초등학교 땅을 원하던 사람이 있었다니, 생각지도 못한 정보였다.

"다른 질문은? 이제 학생들이 올 시간이라."

"왜 학교 선생님 일을 그만두고 글쓰기 학원을 차리셨어요?"

"원래는 친한 선배가 하던 학원이야. 일을 잠깐 도와주다가 내가 넘겨받아서 운영해도 좋겠다 싶더라고. 규모는 작아도 학생들은 꽤 많아서 실속 있어. 그리고 아이들을 가르치는 일은 어디서나 똑같지 않겠니?"

김동석 선생님이 웃자 하얀 치아가 다시 한번 반짝였다.

"도움이 필요한 일이 생기면 언제든지 연락해. 추리소설을 완성하면 나한테도 꼭 보여주고!"

*

"야, 싸보. 그 샘은 무슨 치약을 쓰기에 이빨이 그렇게 하얄까? 치약이나 물어보고 올걸."

해영이 손거울로 자신의 노르스름한 이빨을 들여다보며 쩝쩝거렸다. 그때 상가 옆에서 낯익은 목소리가 들렸다.

"언니!"

아이들이 우리를 향해 우르르 달려왔다. 지난주에 만났던 담력 체험 멤버들이었다.

"안녕. 여기에서 뭐 해?"

지민이 대답했다.

"우리 형한테 들었어. 오늘 누나들이 김동석 선생님을 만난다고."

"맞아. 방금 만났어."

아이들 틈에 키 작은 남자아이가 섞여 있었다. 그 아이의 얼굴을 보는 순간 가슴이 철렁 내려앉았다. 예나가 말했다.

"얘는 4학년 윤시우고, 우리랑 같은 수학 학원에 다녀. 그저께 언니들을 만나고 우리가 곧바로 수학 학원에 갔거든. 잠깐 쉬는 시간에 우리가 그때 했던 담력 체험 얘기를 하는데 얘가 갑자기 끼어드는 거야. 그래서……."

해영이 한숨을 쉬었다.

"어이, 잼민이들. 요점이 뭐야?"

모두의 시선이 시우에게 쏠렸다. 시우의 눈동자가 불안하게 흔들렸지만 이내 결심한 듯 말했다.

"영자 할머니가 불 안 질렀어요. 진짜 아니에요!"

해영이 코웃음을 쳤다.

"네가 어떻게 아는데?"

"불났을 때 할머니는 나랑 같이 자고 있었으니까요."

"그 할머니가 왜 너랑 같이 자?"

나는 해영의 팔을 잡았다.

"심해영, 얘가 영자 할머니 손자야."

2

스멀거리는 의심

“몇 시에 나가니?”

“11시에 출발해.”

“할아버지는 잘 계시고?”

“예전이랑 똑같아.”

일주일 사이에 많은 사람들을 만나서일까. 할아버지 집에 가는 토요일이 금세 돌아왔다. 엄마는 내가 짐을 꾸리는 모습을 보며 고개만 끄덕일 뿐 더는 할아버지에 대해 묻지 않았다.

“동아리는 어때? 친구는 좀 사귀었니?”

이번에는 전혀 다른 질문이 동시에 들어왔다. 나는 순서대로 대답하기로 했다.

"추리소설을 쓰려고 자료 조사 중이야. 친구는 사귀었다고 할 수 있어. 이름은 심해영."

엄마는 금세 무심함이라는 가면을 벗어던지고 감격한 표정을 지었다. 중학생이 된 뒤로 엄마와 할아버지는 친구를 사귀었냐고 종종 물었지만 그렇다고 대답한 적은 없었다. 해영의 이름을 말하기는 했지만 그 애를 친구라고 할 수 있을지 잠깐 의문이 들었다. 학교에서도 밖에서도 이야기를 많이 나누고, 여러 번 같이 다녔으니 그렇게 말해도 괜찮을 것 같았다.

해영을 생각하다 보니 진송 초등학교 사건이 다시 떠올랐다. 영자 할머니가 진송리에 살았을 때만 해도 시우는 할머니 집에 자주 놀러 왔다. 내가 할아버지 집에 오는 주말이면 나를 보러 들르기도 했다. 시우를 다시 만난 것은 거의 2년 만의 일이었다. 시우는 어렸을 때처럼 조용하고 소심해 보였지만 그날 일에 대해서는 또박또박 이야기했다.

"밤에 텐트에서 할머니랑 자는데 쉬가 마려워서 깼어. 화장실에 가고 싶었는데 학교 안으로 들어가야 해서 무서웠어. 그래도 참으면 쌀 것 같아서 밖으로 나갔는데 형이랑 누나들이 학교로 뛰어가는 게 보였어. 화장실에 가는 줄 알고 나도 따라갔는데 정문을 막 흔들더니 왼쪽으로 갔어. 뭘 하는지 궁금했지만 나는 쉬가 너무 마려워서 다른 쪽으로 갔어. 그쪽으로 가야 남자 화장실이 나오거든. 쉬를 다 싸고 텐트에 다시 왔을 때도 할머니는 코를 골면서 계속 자고 있었어."

"그 뒤로 영자 할머니는 텐트 밖으로 안 나가셨어?"

"나랑 같이 있었다니까! 화장실에 다녀왔더니 잠이 잘 안 와서 이리 누웠다 저리 누웠다 했어. 할머니는 계속 내 옆에 있었어. 그러다 사람들이 불이 났다고 텐트를 막 흔들었어."

"나한테 한 얘기를 경찰한테 했어야지. 너희 부모님한테나."

"아빠가 경찰한테 말했는데 안 믿어줬어! 내가 할머니랑 있었다고 하니까 경찰이 그때가 몇 시였냐고 물어봤는데 내가 1시였다고 했거든. 거짓말하지 말라고 혼만 났어."

"1시라니? 그게 무슨 소리야?"

"화장실에 갔다 와서 시계를 보려고 할머니 핸드폰을 켰는데 바탕 화면이 바늘 시계였어. 그때는 당연히 1시라고 생각했어. 근데 2학년 2학기에 시계 보는 걸 배우고 나서 알았어. 내가 텐트 속에서 본 시계는 1시가 아니라 12시 5분이었다는 걸. 짧은 바늘이랑 긴 바늘을 헷갈렸던 거야. 아빠한테 다시 말했지만 아빠가 그랬어. 다 끝났다고. 내가 맞든 아니든 이제 아무도 안 믿어줄 거라고."

나는 시우와 헤어진 뒤 할아버지와 했던 인터뷰 파일을 읽었다.

그래도 천막에서 영자 할멈이랑 같이 잤던 손자는 자기 할머니가 안 그랬다고 끝까지 우겼다. 쪼끄만 놈이 의리는 있어 가지고.

영자 할머니가 찍힌 CCTV 영상이 버젓이 나왔으니 초등학교 2학년이었던 아이의 이야기를 믿어주는 사람은 없었을 것이다. 게다가 시우는 할머니랑 있었던 시간이 1시라고 말했다. 혹시 시우가 내게 거짓말을 하고 있는 걸까. 시우의 표정을 유심히 살폈지만 가면은 보이지 않았다. 시우의 얼굴에 드러난 감정은 분노와 억울함뿐이었다.

"누나가 그때 일을 다시 조사한다며! 누나는 우리 할머니랑도 친했잖아! 우리 할머니는 불 안 질렀으니까 누나가 진짜 범인을 잡아줘, 응?"

결국 울음을 터뜨린 시우를 보며 나는 5년 전의 내 모습을 떠올렸다. 할아버지와 엄마의 고성을 들으며 담벼락에 기대 앉아 있던 내 모습을. 영자 할머니가 준 요구르트를 마시며 눈물을 삼키던 내 모습을.

엄마 목소리에 나는 다시 현실로 돌아왔다.

"친구 이름이 해영이랬지? 우리 집에도 놀러 오라고 해. 엄마는 정말 너무 기쁘다."

*

"오늘이 벌써 동아리 네 번째 시간이야. 지금쯤이면 작품 소재도 정했을 테고, 글도 슬슬 쓰기 시작했을 텐데. 다들 잘 돼가고 있니?"

박수아 선생님의 질문에 누구도 확신 있는 대답을 하지 못했다. 선생님은 그럴 줄 알았다는 듯이 싱긋 웃었다.

"추리소설에는 탐정이나 형사, 혹은 그런 직업이 아니라도 범죄 사건을 풀어가는 주인공이 등장해. 너희가 쓰고 있는 소설에도 분명히 그런 인물이 있을 거야. 그렇다면 오늘은 추리소설의 상징이라고 할 수 있는 탐정에 대해 알아보자."

선생님은 칠판에 반듯한 글씨로 '셜록 홈즈/소년 탐정 김전일/명탐정 코난'이라고 썼다.

"또 어떤 명탐정이 있을까? 추리소설이든 영화든 상관없어. 생각나는 사람?"

지안이 손을 들었다.

"애거사 크리스티의 추리소설에 나오는 에르퀼 푸아로와 미스 마플이 있죠. 길버트 키스 체스터턴의 브라운 신부도 유명하고요. 영상물에 나오는 탐정도 가능하다면 영화 〈나이브스 아웃〉의 명탐정 브누아 블랑이 떠오르네요."

선생님은 지안이 말한 사람들도 칠판에 적었다. 셜록 홈즈와 명탐정 코난만 들어봤을 뿐 나머지는 처음 보는 이름이다.

"탐정은 고전 미스터리에서 빼놓을 수 없는 존재지만 시간이 지날수록 신과 같던 탐정의 지위는 점점 하락했어. 그럼에도 불구하고 탐정은 여전히 추리소설의 상징이지. 여기 적힌 사람들 중에 가장 유명한 탐정은 누가 뭐래도 코난 도일이 창조한 셜록 홈즈일 거야. 그가 나오는 추리소설을 읽어본 사람이 아니더라도 셜록 홈즈 하면 헌팅 캡과 케이프 달린 코트, 담배 파이프를 자연스레 떠올리지. 그렇다면 명탐정이 되기 위해서는 어떤 조건을 갖추어야 할까?"

지안이 또다시 손을 들었다.

"뛰어난 관찰력이 아닐까요?"

"그렇지. 관찰해서 알아낸 사실을 조합하고 추론하는 능력이 있어야 해. 또?"

부원들이 여기저기에서 손을 들었다.

"머리가 좋아야죠."

"돈이 많아야 돼요! 사건을 조사하려면 밥도 먹어야 하고, 차도 타야 되니까."

"에이, 빽이 있어야죠!"

선생님이 웃음을 터뜨렸다.

"빽? 그건 무슨 뜻이지?"

"탐정 절친이 경찰이면 정보를 알아내기 좋잖아요."

"일리 있는 말이네. 그리고 또……."

이번에는 내가 손을 들었다.

"질문 있습니다. 지금까지 나온 조건들 중에서 아무것도 갖지 못한 사람은 어떻게 사건을 조사해야 하나요?"

"발."

"네?"

"사건 관련 인물들을 일일이 만나고, 잠복해서 용의자를 감시하고, 용의자가 도망이라도 가면 쫓아가서 잡아야 하잖니? 의뢰인의 이야기만 듣고 사건을 해결하는 명탐정들도 있지만, 세상에는 발로 사건을 해결하는 탐정이 훨씬 많아."

나는 선생님이 해준 말을 노트북 메모장에 기록했다.

세상에는 발로 사건을 해결하는 탐정이 훨씬 많다.

그리고 그 밑에 '진송 초등학교 화재 사건의 진실은?'이라고 썼다. 선생님이 탐정 이야기를 계속하는 동안 이 사건에서 미심쩍게 느껴지는 점들을 정리했다.

1. 진송 초등학교 땅에 리조트를 짓고 싶었던 회사
2. 리조트 회사에 다니는 사람과 친한 교장 선생님
3. 영자 할머니와 같이 있었다고 주장하는 손자

시우와 헤어진 뒤, 나는 진송 초등학교의 교무부장이었던 이미경 선생님에게 메일을 보냈다. 진송 별빛 캠프 날, 혹시 선생님이 기억하는 '특별한' 일이 있는지 묻고 싶었다. 메일을 쓴 뒤에는 진송 소방서 홈페이지에 접속했다. 영자 할머니가 범인으로 지목된 가장 큰 증거는 할머니가 찍힌 CCTV 영상이었기에 그 영상을 보려면 어떻게 해야 하는지 조사할 생각이었다. 홈페이지에는 다행히 질문 게시판이 있었고, 소방서에서는 늦어도 사흘 안에 답글을 달았다(하나같이 친절한 답글이었다!). 그래서 나도 글을 올렸다. 양심에 찔렸지만 거짓말도 섞었다.

제목: 진송 초등학교 화재 사건이 궁금합니다

작성자 오지은 | 작성일 202X-04-19

안녕하세요, 저는 지명여자중학교 3학년 오지은입니다. 사회 수행 평가로 2년 전 8월 4일에 벌어졌던 진송 초등학교 화재 사건을 조사하고 있어요. 그때 출동하셨던 소방관님을 만나 인터뷰를 할 수 있을까요? 제 수행 평가를 도와주세요.

다짜고짜 CCTV 영상을 보여달라고 하기보다는 만나서 부탁하는 편이 나을 것 같았다. 내 게시물은 화요일인 어제 답글이 달렸다. 내용은 아래와 같다.

안녕하십니까, 오지은 님. XXX-XXXX번으로 연락 주시면 도와 드리겠습니다.

나는 해영과 함께 전화를 걸었고, 인터뷰 날짜와 시간을 잡았다. 우리와 통화했던 소방관님은 출동 문제로 누가 인터뷰 자리에 나올지는 장담할 수 없다고 했다. 그 날짜가 바로 오늘, 동아리 시간이 끝난 뒤다. 과연 영자 할머니가 찍힌 CCTV 영상을 볼 수 있을까?

우리 할머니는 불 안 질렀으니까 누나가 진짜 범인을 잡아줘, 응?

나는 영자 할머니의 얼굴을 안다. 영상에서 할머니의 얼굴을 확인하기만 한다면 이 찜찜한 기분이 해결될 것이다. 시우가 할머니를 위해 거짓말을 하고 있는지 아닌지도 알 수 있을 것이다. 나는 시우의 눈물 젖은 얼굴을 애써 떨쳐냈다. 그리고 선생님이 해준 말을 다시 한번 읊조렸다.

세상에는 발로 사건을 해결하는 탐정이 훨씬 많다.

그날의 영상

진송 소방서

화재조사관 강한영

내가 명함을 읽는 동안 해영이 물었다.

“화재조사관이 뭐예요?”

“말 그대로 화재를 조사하는 일을 하지. 화재가 발생하면 발화 지점을 찾아서 화재 원인을 분석하는 거야.”

바짝 깎은 머리카락에 덩치가 큰 강한영 화재조사관님은 영화에 나오는 형사 같았다. 그것도 매우 피곤한 형사. 화재조사관님은 진한 다크서클이 드리운 눈을 깜박이며 민원실 벽시계를 재빨리 흘끔거렸다. 질문 목록을 만들기 위해 나도 잠을 설쳤지만 내 눈은 어느 때보다 말똥했다. 어떻게든 CCTV 영상을 확인하고 돌아가야 한다. 화재조사관님은 민원실 책상 위에 주스가 담긴 종이컵을 놓아준 뒤, 자신의 노트북을 펼쳤다.

내가 물었다.

"진송 초등학교 화재 사건도 강한영 화재조사관님이 조사하셨어요?"

"편하게 주임님이라고 불러. 내 담당이 맞긴 한데 그 사건이랑 사회 숙제랑 무슨 관련이 있니?"

해영이 얼른 말했다.

"우리 지역사회에서 일어났던 문제를 분석하는 숙제거든요. 뭐 하냐, 싸보. 너도 빨리 노트북 켜."

진송 초등학교 사건 기록 6 - 강한영 화재조사관님 인터뷰

나: 주임님도 2년 전 8월 4일에 진송 초등학교에 계셨나요?

강한영: 소방관들과 함께 출동했지. 학교는 특히 주요 대상이라 화재가 진압된 뒤에는 관할서 형사부터 전기안전공사, 가스안전공사, 교육청 직원까지 온갖 사람들이

다녀갔고.

나: 범인은 최영자 할머니로 알려졌는데요. 그날은 범인이 누군지 모르셨죠?

강한영: 그렇지. 우리는 화재가 완전히 진압된 뒤에야 조사를 시작하니까. CCTV 영상을 비롯한 주변 영상을 최대한 수집하는 게 관건인데, 진송 초등학교 CCTV 영상은 숙직실에 보관돼 있었어. 건물이 70퍼센트 넘게 타버렸지만 다행히 숙직실까지는 불길이 미치지 않았고.

나: 영자 할머니가 찍힌 CCTV 영상이 가장 큰 증거였던 거죠?

강한영: 그렇지. 교문 쪽 CCTV 영상도 확인했는데 캠프가 열리는 동안 외부인이 출입한 모습은 찍히지 않았어.

해영: 아니, 아무리 담배를 버렸다고 해도 어떻게 그렇게 큰 불이 날 수 있어요?

강한영: 불붙은 담배 온도가 몇 도나 될 것 같니?

해영: 끓는 물이 100도니까 담배 온도도 그 정도겠죠.

강한영: 불붙은 담배는 최고 500도 가까이 돼. 그럼 담뱃불이 화재로 발전할 가능성은 얼마나 될까? 바람이 불지 않는 실내에서 쓰레기통에 종이를 넣고 담뱃불을 버리면 불이 활활 타오르는 데 약 12분이 걸려. 바람이

부는 날은 훨씬 빨리 타는데 그날은 태풍 예보가 있어서 바람이 많이 불었지.

나: 불은 분리수거장 근처에 있던 자동차로 옮겨붙었는데요. 자동차도 불에 잘 타나요?

강한영: 자동차는 연료, 오일, 시트 등등 연소 물질투성이라고 보면 돼. 자동차가 불타면서 불길이 학교 건물로 또 옮겨 갔는데 분석해 보니 천장 마감재가 SMC였고, 단열재는 스티로폼 단열재였어. SMC는 플라스틱이 주요 소재인데 화재에 아주 취약해. 여기에 불이 붙으면 어떻게 되느냐, 그야말로 휴지에 불이 붙듯 타버려. 불은 사람들이 생각하는 것보다 훨씬 쉽게 난단다.

나: 학교 안에 사람들이 없었던 게 다행이네요.

강한영: 이런 가연성 자재들은 불이 붙으면 유독가스를 엄청나게 배출시켜. 건물에 사람들이 있었다면 대형 참사로 이어질 뻔했지.

나: '화재현장조사서' 같은 서류들이 있다고 인터넷에서 봤는데요. 진송 초등학교에 관련된 서류는 못 찾았어요. 예전 사건이라 그럴까요?

강한영: 아니, 그런 문서들은 영구적으로 보관돼. 나 같은 화재조사관이나 관리자만 열람할 수 있지. 인터넷에서

는 당연히 못 찾았을 거야.

나: 그럼 영자 할머님이 찍힌 CCTV 영상은 볼 수 있을까요?

강한영: 노트북에 그때 자료들을 담아 오긴 했는데 아무래도 개인 정보라 영상은 좀 그렇고……. 우리는 사건 하나에도 보고서를 여러 개 쓰거든. 잠깐만.

(주임님은 노트북과 함께 들고 온 파일에서 서류를 꺼냈다. 그 보고서에는 흑백 사진 두 장이 실려 있었다. 분리수거장으로 향하는 영자 할머니의 옆모습과 담배를 피우는 뒷모습이었다.)

나: 더 잘 나온 사진은 없나요? 영자 할머니 얼굴이 안 보여요.

강한영: 영상을 보면 좀 더 선명해. 그 할머님을 봤다고 증언한 초등학생들도 있었고.

해영: 에이, 여기까지 왔는데 그냥 보여주세요.

강한영: 정 보고 싶으면 정보공개포털 사이트에 들어가서 CCTV 영상 열람을 신청할 수 있어. 대신 개인 정보 보호 차원에서 영상 속 인물은 모자이크를…….

해영: 헐! 모자이크를 하면 얼굴이 아예 안 보이잖아요!

인터뷰는 잠시 중단되었다. 누군가 민원실 문을 두드리더니 강한영 주임님을 불렀다. 주임님은 잠깐 기다리라는 말을 남기고 밖으로 나갔다. 문이 닫히자마자 해영이 외쳤다.

"USB 있어?"

"아니."

"그럼 핸드폰이라도 가져와!"

해영은 주임님의 노트북 쪽으로 달려갔다. 그러더니 마우스를 움켜쥐고 빠른 속도로 이리저리 움직이기 시작했다.

"뭐 해? 왜 주임님의 노트북을……."

"셧 업!"

나는 해영의 옆으로 갔다. 주임님의 노트북 화면에는 노란색 폴더들이 일렬로 늘어서 있었다.

"저 아저씨가 노트북에 CCTV 영상을 담아 왔댔잖아. 재생해서 핸드폰으로 찍어 가자."

"주임님께서 그건 개인 정보 침해……."

"야! 그 영상 보고 싶어, 안 보고 싶어!"

"보고 싶어."

"그럼 짜져 있든가 망이라도 봐! 에이 씨, 무슨 폴더가 이렇게 많아!"

"이거야."

나는 '진송 초등학교 화재'라는 이름이 달린 노란색 폴더를 가리켰다. 검지로 모니터를 누르는 바람에 화면이 가볍게 흔들렸다. 해영은 그 폴더를 열고 '진송초_cctv_0804.avi'라고 적힌 영상을 재생했다.

"뭐 하냐, 싸보! 빨리 찍어!"

나는 덜덜 떨리는 손으로 핸드폰을 켜고 카메라 어플의 동영상 버튼을 눌렀다. 그리고 모니터에서 재생되는 CCTV 영상을 핸드폰으로 찍기 시작했다.

민원실로 돌아온 강한영 주임님은 아까보다 더욱 피곤해 보였다. 우리는 아무 일도 없었다는 듯 얌전히 앉아 있었지만 심장은 발사될 듯이 뛰고 있었다. 주임님의 지친 얼굴과 몰래 촬영한 CCTV 영상 때문에 몹시 죄송한 마음이 들었다.

노트북 화면에 남았을 내 손자국도.

*

"영자 할머니가 맞아?"

"몰라."

"네가 모르면 어떡하냐? 넌 그 할머니 만난 적도 있다며!"

해영은 우리 집 식탁에 앉아 있었다. 동생들이 넷이나 있다는 해영의 집보다는 엄마가 회사에 가서 비어 있는 우리 집이 몰래 찍은 CCTV 영상을 보기에 좋을 것 같았다. 나는 동영상을 다시 한번 재생했다.

CCTV는 분리수거장을 비추고 있었다. 화면 안에 곧 한 사람이 등장했다. 그 사람은 후문 2가 있는 방향에서 걸어오고 있었다. 흑백 영상이었지만 영자 할머니가 늘 입고 다녔다는 꽃무늬 블라우스와 종아리까지 오는 펑퍼짐한 바지, 파마한 커트 머리는 알아볼 수 있었다.

분리수거장 앞에 선 할머니는 바지 주머니에서 담배를 꺼내 피워 물었다. CCTV가 어디를 비추는지 정확히 아는 사람처럼 여전히 CCTV 카메라를 등지고 선 모습이었다. 2, 3분쯤 지났을까. 후문 1에서 아이들 셋이 쏟아져 나왔다. 겨울, 봄, 지민이었다. 아이들은 할머니를 보고 놀랐는지 어깨를 들썩이거나 몸을 주춤거리더니 쏜살같이 도망쳤다. 그리고 잠시 뒤, 머리가 긴 여자아이가 다리를 절뚝대며 나왔다. 예나였다. 예나는 할머니를 잠시 바라본 뒤 자기가 할 수 있는 한 가장 빠르게 걸어갔다. 동영상 속에서 영자 할머니는 단 한 번도 아이들을 향해 고개를 돌리지 않았다. 할머니는 담배를 좀 더 피우다 꽁초를 분리수거장 한편에 쌓인 택배 상자들 위로 던졌다. 그러고는 다시 왔던 방향으로 걸어갔다.

"볼 때마다 어이없네. 담배를 저딴 식으로 버리니까 불이 나지. 야, 배고픈데 먹을 거 없냐?"

"찬장에 컵라면이 있어. 빈 냄비는 가스레인지 위에."

"아싸!"

해영이 냄비에 물을 끓이고 컵라면을 준비하는 동안, 나는 동영상을 재생하고 또 재생했다. 눈이 시큰거릴 정도로 영상을 돌려봤지만 영자 할머니의 얼굴은 정확히 확인할 수 없었다.

진송 초등학교 건물 배치도

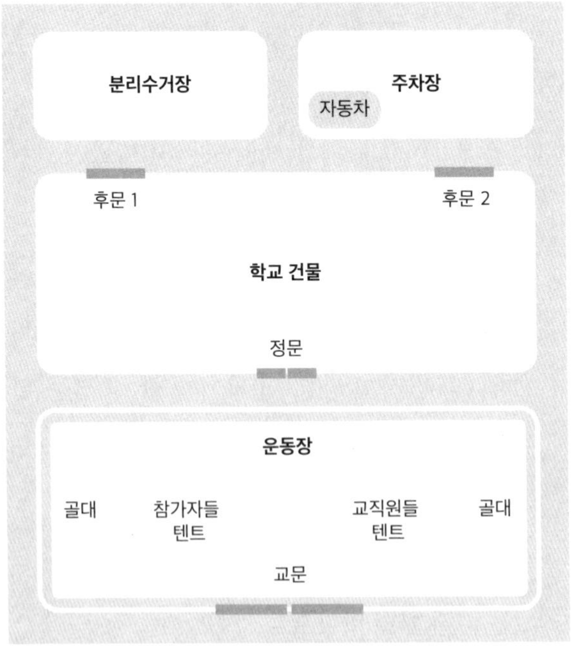

분리수거장
주차장
자동차
후문 1
후문 2
학교 건물
정문
운동장
골대
참가자들 텐트
교직원들 텐트
골대
교문

식탁에 컵라면 두 개를 올려놓는 해영에게 물었다.

"영자 할머니는 왜 후문 2가 있는 쪽에서 걸어왔을까?"

"김치나 단무지 없음?"

"냉장고에 있어."

해영이 김치가 든 밀폐용기를 꺼내며 말했다.

"지난번에 만났던 캔들 아줌마가 텐트 위치도 말했던 거 같은데."

"맞다."

노트북을 켜고 예나 어머님의 인터뷰 파일을 열었다. 해영이 손가락으로 파일의 한 부분을 가리켰다.

"봐. 학교 건물을 정면에서 봤을 때 왼쪽에 학생들 텐트가 있었다고 했어. 선생님들은 오른쪽이었고."

"분리수거장은 후문 1 쪽에 있어. 영자 할머니가 담배를 피우러 간다면 후문 1 쪽으로 가야 빠르지. 하지만 CCTV 영상에 찍힌 사람은 후문 2가 있는 방향에서 걸어왔어."

"화장실에 들렀다 갔나 보지."

"윤시우가 했던 말 기억 안 나? 남자 화장실은 후문 2, 여자 화장실은 후문 1 쪽에 있어."

"이상하긴 하네. 야, 싸보. 일단 먹고 얘기하자."

미심쩍은 점은 그것뿐이 아니었다. 분명히 뭔가가 더 있었지만 금세 떠오를 듯하면서도 생각이 나지 않았다. 나는 컵라면을 밀어 놓고 사건 기록 파일을 처음부터 꼼꼼히 읽었다. 시간이 오래 걸리지는 않았다. 할아버지와의 인터뷰 파일에서 해답을 찾았기 때문이다.

"심해영, 여기 읽어봐."

해영이 라면을 우물거리며 파일을 읽었다.

"'교실에서는 실내화를 신어야 하는데 영자 할멈이 담배를 항상 발로 비벼 껐다니까. 그럼 그 실내화에도 담뱃재가 다 묻을 거 아니냐.' 이게 뭐 어쨌다는 건데?"

"CCTV 영상에서 영자 할머니는 담배를 발로 비벼 끄지 않았어. 쓰레기 위로 던졌지."

"밤이니까 귀찮았나 보지."

가능한 일이다. 밤이라 잔소리를 하는 사람도 없었을 테고, 텐트로 빨리 자러 들어가고 싶을 수도 있었을 테니까. 하지만 할아버지는 인터뷰에서 이런 말을 남겼다.

한번 몸에 밴 건 엔간해서는 떨쳐내기가 힘들거든. 왜, 담배 끊은 놈이랑은 상종도 하지 말라는 소리도 있잖냐.

할아버지에게 전화를 걸었다. 그리고 해영도 들을 수 있도록 스피커폰으로 바꿨다.

"여보세요! 지은이냐?"

"영자 할머니는 담배를 항상 신발로 비벼 끄셨나요?"

"뭔 봉창 두들기는 소리냐! 학교는 끝났냐?"

"네. 끝났어요."

"너희 엄마는 잘 있냐?"

"회사에 계셔서 잘 있는지는 모르겠어요. 우선 제 질문에 대답해 주세요."

"가만있어 보자. 어, 그래. 늘 바닥에 던지고 발로 비벼 껐어. 그리고 꽁초를 주워서 다시 깡통에 버렸고. 그 할망구가 하도 담배를 피워 싸서 분리수거장에 전용 깡통까지 갖다 놨거든. 안 그래도 순길이랑 내가 왜 그날은 영자 할망구가 담배를 제대로 안 껐는지 모르겠다고 타박했잖냐."

"늘 그렇게 끄셨다는 거죠? 담배를 휙 던지는 모습은 못 보셨고요."

할아버지는 말이 없었다. 아마 옛 기억을 더듬고 있을 것이다. 나는 초조하게 대답을 기다렸다. CCTV 영상에서처럼 담배를 던지는 모습을 한 번이라도 봤다고 한다면 이 의심이 사라질지도 몰랐다.

"내가 볼 때는 꼭 발로 밟아 껐어. 던지는 건 못 봤다, 야."

토요일에 가겠다는 인사를 하고 전화를 끊었다. 해영은 마지막 면발을 빨아들인 뒤 내 컵라면을 슬쩍 가져갔다.

"그래, 싸보. CCTV에 찍힌 사람이 영자 할머니가 아니라고 치자. 그럼 저 사람은 누군데?"

"지금까지 조사한 내용을 생각하면 펫 리조트 회사가 의심스럽지. 진송 초등학교 땅을 원했으니까 불이 나면 제일 이득을 보는 사람들이잖아."

"강한영 주임님이 외부인은 학교에 드나들지 않았다고 했잖아. 그리고 네가 리조트 회사 사람이라면 왜 하필 그날 불을 지르겠냐? 운동장에 사람들도 바글거리는데."

"그래야 영자 할머니한테 죄를 뒤집어씌울 수 있을 테니까. 하지만 외부인이 드나들지 않았다면……."

"그럼 교장 선생님? 야, 교장 샘이 리조트 회사에 다니는 제자를 도와주려고 영자 할머니로 변장이라도 했다는 거야? 그거야말로 추리소설 같은 얘기 아니냐?"

"불가능한 일은 아니지. 또, 꼭 제자를 위해서가 아니었을지도 몰라. 교장 선생님은 영자 할머니랑 사이가 나빴잖아. 영자 할머니가 양파즙을 줘서 부인이 죽었다고 생각한 건 아닐까?"

리조트 회사에 대해서도 알아보고 싶었지만 어떤 사람을 조사해야 할지 감이 잡히지 않았다. 교장 선생님과 친하다는 리조트 회사 사람이 누군지도 모른다. 한동안 부엌에는 해영이 면발을 빨아들이는 소리만 울려 퍼졌다. 시우의 말이 사실일까. 영자 할머니는 그 시간에 텐트에서 잠을 자고 있었을까. 그렇다면 진짜 범인은 누구일까.

CCTV 영상만 확인하면 모든 의문이 풀릴 줄 알았다. 하지만 이 사건을 파고들수록 영자 할머니가 범인이 아닐지도 모른다는 의심만 커지고 있다. 범인의 정체에 대한 확신도 없는 상태에서 소설을 쓸 수는 없다. 그리고 진짜 범인이 따로 있다면 여기에서 조사를 그만두는 일이 옳은 걸까.

아빠한테 다시 말했지만 아빠가 그랬어. 다 끝났다고. 내가 맞든 아니든 이제 아무도 안 믿어줄 거라고.

아니, 어쩌면 이 사건은 아직 끝나지 않았을지도 모른다.

"심해영."

"어."

"박수아 선생님께서 세상에는 발로 사건을 해결하는 탐정이 훨씬 많다고 하셨어."

"어쩌라고."

"교장 선생님을 만나보자."

지나칠 수 없는 정보

이틀 뒤인 금요일. 우리는 학교 정문 앞에서 김동석 선생님의 차를 기다렸다. 선생님에게 연락해 교장 선생님의 전화번호를 묻자 선생님은 자기도 교장 선생님을 찾아뵌 지 오래됐으니 함께 가자고 했다.

"잘 지냈니, 얘들아? 타!"

나와 해영은 자동차 뒷자리로 들어갔다. 선생님이 우리 쪽으로 고개를 돌리더니 하얀 치아를 드러내며 웃었다.

"미안, 오래 기다렸니? 갑자기 학부모님 상담 전화가 와서."

나는 내비게이션에 뜬 시간을 확인했다.

"오래는 아니고, 8분 기다렸습니다."

차 안에 맑은 웃음소리가 흩어졌다.

"지난번에도 느낀 건데 지은이는 말을 참 재밌게 하더라. 그나저나 진송 초등학교 사건을 조사하는데 교장 선생님까지 만나야 해?"

우리가 알아낸 사실을 어디까지 말해야 할까. 일단은 입을 다물고 있기로 했다. 어떤 말을 할지 말지 고민될 때는 하지 말라는 명언도 있으니까.

"사실 교장 선생님은 너희가 찾아오는 걸 탐탁지 않아 하셨어. 진송 초등학교 사건은 교장 선생님께도 떠올리기 싫은 기억일 테니까. 학생들 숙제 때문이라고 간신히 설득했으니까 예의를 지켜주기 바란다. 알겠지?"

우리가 동시에 네, 라고 대답하자 선생님은 다시 살가운 목소리로 말했다.

"그래도 너희 덕분에 나도 오랜만에 교장 선생님을 뵌다. 참, 너희는 교장 선생님 성함도 모르지? 이, 종, 수 선생님이셔."

해영이 물었다.

"여기에서 멀어요?"

"진송리 끝자락에 새로 지은 전원주택들이 몇 채 있거든? 그중 하나야. 사모님이 돌아가신 다음에 그리로 이사하셨어."

우리가 탄 차는 혁신 도시를 빠져나가 진송리로 들어섰다. 할아버지 집이 있는 낯익은 마을을 지나 좀 더 달리자 마당에 잔디가 깔린 훨씬 세련된 주택들이 나타났다. 선생님이 주홍색 지붕이 달린 하얀 이층집 앞에 차를 세운 순간, 할아버지가 인터뷰에서 했던 말이 떠올랐다.

교장 선생도 힘들었을 거야. 마누라 치료비가 억수로 많이 들었다고 하더라.

치료비에 돈을 많이 썼다고 하기에는 이사한 집이 너무나 고급스러웠다. 나와 해영은 차에서 내렸다. 선생님 차 옆에는 검은 자동차가 주차되어 있었다.

"이 차는 교장 선생님 차예요?"

"응."

얼핏 보기에도 비싸 보이는 차였다. 뒤쪽을 보니 나도 알 만한 외제 자동차 로고가 붙어 있었다. 할아버지가 뭔가를 착각한 걸까. 김동석 선생님이 내 어깨에 손을 얹었다.

"들어가자, 얘들아."

*

"교장 선생님, 오랜만에 찾아뵙니다. 건강하시지요?"

김동석 선생님을 따라 우리도 머리를 숙였다. 집 안은 깔끔했지만 퀴퀴하면서도 익숙한 냄새가 풍겼다. 할아버지 집에서 나는 것과 비슷한 냄새였다. 교장 선생님은 김동석 선생님처럼 키가 작았고, 양복 재킷에 넥타이까지 매고 있었다.

"어서 들어오게. 소파에서 잠깐 기다려."

교장 선생님은 찻잔이 담긴 쟁반을 들고 다시 나타났다. 김동석 선생님이 벌떡 일어나 쟁반을 받아들었다.

"학생들 소개를 해드리겠습니다. 이쪽은 지명여중 3학년 오지은, 이쪽도 같은 학교에 다니는 심해영 학생입니다."

교장 선생님의 흐릿한 갈색 눈동자가 나와 해영을 향했다. 우리만큼이나 교장 선생님도 우리를 유심히 관찰하고 있었다.

"너희들 얘기는 김 선생한테 대충 들었다. 동아리에서 글을 쓴다지. 그래, 궁금한 걸 말해봐라."

나는 책가방에서 꺼낸 노트북을 무릎 위에 얹었다. 떨리고 두려웠지만, 새로 생긴 궁금증을 꼭 물어봐야겠다고 다짐하며.

진송 초등학교 사건 기록 7 - 이종수 교장 선생님 인터뷰

나: 2년 전 8월 4일. 진송 별빛 캠프 날에 벌어진 일이 궁금합니다. 분리수거장 옆에 있던 차는 교장 선생님 거였죠?

교장 선생님: 그래. 출근할 때마다 늘 거기에 주차를 했다.

나: 차가 불타서 속상하셨겠어요.

교장 선생님: 그럴 겨를도 없었어. 나도 이리 불려 다니고, 저리 불려 다니느라 바빴거든. 차야 보험에 가입돼 있었으니 경제적 손해는 크지 않았고.

나: 학교에 불이 난 건 어떻게 아셨어요?

교장 선생님: 김동석 선생이 내가 자고 있는 텐트를 확 열어젖히더라. 화재를 발견했을 때는 이미 손쓸 틈도 없었지.

나: 교장 선생님의 텐트도 학교 건물을 바라봤을 때 운동장 오른쪽에 있었나요? 교직원들 텐트는 그쪽이었다고 하던데요.

교장 선생님: 그래.

나: 진송 초등학교가 결국 폐교하게 되었을 때는 기분이 어떠셨나요?

교장 선생님: 캠프를 허락하지 말걸 얼마나 후회가 됐는지 모른

다. 사람이 안 하던 걸 하면 꼭 탈이 나는 법이거든. 방송국에서 촬영을 올 때는 성가시긴 했어도 은퇴하기 전에 좋은 일을 한 것 같아 내심 뿌듯하던 참이었지. 그래도 어쩌겠냐, 일이 벌어져 버린 걸.

나: 영자 할머니와 사이가 안 좋으셨죠. 양파즙 사건도 있었고, 현장체험학습 날에도 교장 선생님이 담배 때문에 화를 내셨다고 하던데요.

교장 선생님: 누가 그러던?

나: 저희 할아버지가요.

교장 선생님: 할아버지는 요즘 어떠시냐.

나: 허리가 아프다고 하세요.

교장 선생님: 나는 교장으로서 할 말을 했을 뿐이다. 그쪽이 나이는 많았지만 학생은 학생이고, 선생은 선생이지. 나는 틀린 말 했던 적 없다.

나: 진송 초등학교 땅을 샀다는 리조트 회사가 궁금한데요. 교장 선생님 제자가 거기에서 일한다고요.

교장 선생님: 그걸 왜 묻는지는 모르겠다만 회사 이름은 구명 산업개발이다. 내 제자가 리조트 추진위원회장으로 있지. 그 친구도 진송리 출신이거든. 리조트가 들어오면 마을 재건에도 도움이 될 거야.

나:	그분이랑 자주 만나시나요?
교장 선생님:	몇 달에 한 번은 얼굴을 보지. 도대체 뭐가 궁금한 거냐?
나:	이것도 저희 할아버지에게 들은 말인데요. 교장 선생님이 돌아가신 아내분의 치료비로 돈을 많이 쓰셨다고…….
교장 선생님:	그런데?
나:	아내분이 돌아가시고 여기로 이사 오셨다고 김동석 선생님이 그러셨어요. 그런데 이 집은 무척 비싸 보이고, 마당에 있는 차도…….
교장 선생님:	뭐가 어째!

인터뷰는 금세 중단되었다. 교장 선생님은 나를 노려보며 거친 숨결을 내뿜었다. 조용히 차를 마시던 김동석 선생님은 사레가 들려 캑캑거렸다. 얼어붙은 거실 공기 속으로 한동안 기침 소리만이 울려 퍼졌다. 김동석 선생님은 시뻘게진 얼굴로 간신히 입을 열었다.

"지은아, 너 지금 무슨 소리를 하는 거야. 캠프 날 일을 여쭤본다며!"

예의 없는 질문이었다는 건 알고 있다. 하지만 조사를 위해 꼭 필요한 질문이었고, 나도 말을 꺼내는 데 엄청난 용기가 필요했다. 나 대신 해영이 나서서 지금까지 조사한 내용을 설명했다. 그러고는 생각났다는 듯이 박수를 쳤다.

"유튜브에서 봤는데 사람의 걸음걸이를 분석하는 전문가도 있대요. 그냥 경찰에 신고해 버리면 영자 할머니랑 CCTV에 찍힌 사람의 걸음걸이를 비교해 주지 않을까요?"

솔깃한 정보였지만 교장 선생님은 더 화가 난 얼굴이었다. 이윽고 쩌렁쩌렁한 목소리가 울려 퍼졌다.

"그래서 내가 할머니로 변장하고 불을 지르기라도 했다는 거냐? 아니면 내 제자가 구명 산업개발에 있다는 이유만으로 나를 떠보러 온 거냐? 구명 쪽 사람들이 우리 학교 부지를 염두에 두고 있다는 건 알고 있었다. 하지만 그게 다였어! 학교가 폐교되는 걸 막으려고 내가 얼마나 노력했는데! 학교에 불이 나서 얼마나 상심했는데!"

나와 김동석 선생님은 잠자코 고개를 숙였지만 해영은 그렇지 못했다.

"아니, 교장 샘이 학교에 불을 질렀느냐고 물어본 것도 아닌데. 그 일이랑 상관없으면 그렇다고 말씀하시면 되지 왜 화를 내세요?"

"심해영!"

김동석 선생님이 해영에게 소리쳤다. 교장 선생님이 우리를 향해 손가락을 휘둘렀다.

"구명 쪽 사람들이 궁금하면 그리 가서 물어봐라. 아니지, 리조트 추진위원장 딸이 너희 학교에 다니니까 그 집 딸한테 물어보든가. 너희 아빠가 교장 선생이랑 짜고 학교에 불이라도 질렀느냐고 말이다."

해영이 물었다.

"그 집 딸이 누구인데요?"

교장 선생님은 벌떡 일어나더니 부엌 옆 방으로 사라졌다. 김동석 선생님이 침울하게 말했다.

"수첩을 가지러 가셨을 거야. 큰일이든 작은 일이든 다 메모해 놓는 습관이 있으시거든."

교장 선생님은 아까는 쓰지 않았던 안경을 쓰고 허름한 수첩을 든 채 돌아왔다. 잠시 뒤 교장 선생님의 입에서 나온 말은 지금까지 알게 된 정보들 중 가장 놀라웠다.

"지안이. 강지안."

사건의 주인공

“다들 글은 열심히 쓰고 있지? 아무리 야심 차게 시작했더라도 글을 쓰다 보면 반드시 막히는 순간이 찾아오지. 지금까지 썼던 글을 다 지워버리고 싶을 때도, 다른 소재를 찾아 처음부터 다시 시작하고 싶을 때도 있을 거야. 하지만 좌절하지 말자. 헤밍웨이는 ‘The first draft of anything is shit.’이라는 명언을 남겼어. 의역하자면 ‘처음에 쓰는 것은 다 쓰레기다.’라는 뜻으로 퇴고의 중요성을 알려주는 말이지. 글은 고칠수록 좋아진다는 사실을 잊지 말자. 다른 사람이 내 글에서 조사 하나만 바꿔도 바로 알아차릴 수 있도록 고치고, 또 고쳐야 해.”

인상적인 이야기였지만 도움이 되지는 않았다. 아직 한 글자도 못 쓴 상황이라 내 글을 보고 좌절할 일도 없었으니까.

지난주 금요일, 교장 선생님은 지안의 이름을 알려준 뒤 우리를 내쫓았다. 김동석 선생님의 기분도 몹시 안 좋아 보였다. 선생님은 혁신 도시로 돌아가는 차 안에서 이렇게 말했다.

"아이들의 비명에도 영자 할머님은 뒤돌아보지 않았다. 영자 할머님이 주무셨던 텐트의 위치를 고려했을 때 분리수거장으로 걸어온 방향이 이상하다. 영자 할머님은 평소에 담배를 발로 비벼 끄지 않는다. 그래, 다 좋아. 의심이 생길 만한 상황이야. 하지만 얘들아, 경찰이 그런 부분도 고려 안 했을까? 중학생들도 이렇게 쉽게 알아낸 사실을? 다른 건물도 아니고 초등학교에 불이 났어. 그것도 뉴스와 다큐멘터리에 몇 번씩이나 등장했던 학교에서. 경찰은 최선을 다해 수사했을 테고, 그 결과로 영자 할머니가 범인으로 지목된 거야."

우리가 반박하지 못하자 선생님은 다시 열변을 토했다.

"너희가 일을 너무 부풀려서 생각하는데 어떤 사건 뒤에 또 다른 진범이 있다, 감추어진 비밀이 숨어 있다, 이런 얘기는 추리소설에나 등장하는 게 아닐까? 때로는 보이는 게 전부야. 영자 할머님이 찍힌 CCTV 영상이 버젓이 나왔고, 목격자도 있어. 그럼 진범은 당연히 영자 할머님이지! 영자 할머님 손자가 시계를 잘못 봤다고 우긴다고? 시우는 영자 할머니의 가족이니까 당연히 할머니를 감싸주고 싶겠지!"

선생님의 말이 계속되는 동안 나는 뜬금없이 등장한 지안을 생각했다. 지안과 얘기해 볼까? 하지만 무슨 말을 한단 말인가. 혹시 너희 아빠가 교장 선생님을 시켜서 진송 초등학교에 불을 지르지 않았느냐고? 지안은 그 일에 대해 알 리가 없을뿐더러 괜한 질문을 했다가 자기 아빠에게 말을 전할지도 몰랐다.

동아리 시간이 끝난 뒤, 나와 해영은 학교를 나왔다. 이런 상황에서도 내 시선은 지성중 운동장으로 향했다. 운동장 계단에 앉아 다른 선수들의 경기 모습을 지켜보던 지호가 우리를 향해 손을 흔들었다.

해영이 내 옆구리를 찔렀다.

"야, 싸보. 강지안을 닦달해 볼까? 걔 전화번호도 아는데 따로 보자고 할까?"

"그건 좋은 생각이 아냐. 자기 아빠에게 말할지도 모르니까."

"그럼 여기에서 포기?"

하고 싶은 일이 없는 건 아니었다. 미루고 미루었던 일이 남아 있었다. 어쩌면 제일 먼저 해야 했을 일이지만 차마 그럴 자신이 없어 멀리 밀어냈던 일이었다.

이 사건의 진실을 알고 싶다면 더 이상 미룰 수 없는 일.

지호가 우리를 향해 달려오는 바람에 심장이 세차게 뛰기 시작했다.

"오지은! 심해영! 조사는 잘되냐?"

내가 대답했다.

"잘되고 있지는 않아."

"동석 샘은 잘 만났어? 선생님 짱 좋지?"

"대체로 친절하셨어."

우리 때문에 화가 나신 일은 굳이 얘기하지 않기로 했다. 해영이 물었다.

"네 동생은 잘 있냐? 담력 체험 잼민이들은 그 뒤로 뭐 생각나는 거 없대?"

"안 그래도 너희를 만난 뒤로 송지민이 좀 이상해. 자꾸 밤에 악몽을 꾸고, 지난번에는 이불에 오줌까지 쌌다니까."

"우웩. 걔 6학년이라며!"

지민은 우리를 처음 만났던 날, 말이 거의 없었다. 뭔가를 숨기는 사람처럼 보이기도 했다. 해영이 박수를 요란하게 쳤다.

"왜 그러는지 알겠다. 걔들 그날 과학실로 들어갔댔잖아! 네 동생 눈에만 귀신 보인 거 아냐?"

"사실 걔가 겁이 많고 소심하거든. 안 그래도 그날 엄청 무서웠을 텐데 과학실에 다녀온 뒤에는 불까지 났잖아. 그날 일이 떠올라서 마음이 좀 불안한지도."

"혹시 말이야……."

우리는 해영의 다음 말을 기다렸다.

"그 학교에 불이 난 건 과학실 귀신의 저주가 아닐까? 잼민이들이 갑자기 쳐들어와서 화가 난 거지."

담장 위로 지호의 웃음소리가 울려 퍼졌다. 그 해맑은 웃음소리를 듣자 혼란스럽던 마음이 평온해졌다.

사랑이란 이렇게 위대한 거다.

"나 다시 훈련 간다. 다음에 보자!"

지호의 뒷모습을 보자 난데없는 자신감이 치솟았다. 그래서, 나는 용기를 내보기로 했다.

"심해영, 나랑 어디 좀 가자."

*

영자 할머니를 만나는 데는 꽤 복잡한 절차가 필요했다. 할아버지가 영자 할머니의 아들을 만나 요양원 이름을 알아 왔고, 나는 요양원 홈페이지에 들어가 토요일에 면회 예약을 잡았다(해영의 조언대로 신청서에는 영자 할머니의 손녀들이라고 썼다). 그게 끝이 아니었다. 나와 해영은 면회실로 들어가기 전에 코로나 검사를 받아야 했으며, 면회실 안에서도 마스크를

써야 했다.

우리에게 주어진 면회 시간은 단 20분이었다. 해영은 검사 면봉이 뇌까지 뚫고 들어간 것 같다며 끊임없이 투덜거렸다. 초록색 벽지를 바른 면회실은 곳곳에 세워진 칸막이와 소독약 냄새만 빼면 포근한 공간이었다. 우리가 들어간 칸막이 안에는 탁자와 작은 소파가 놓여 있었다. 나는 영자 할머니를 기다리는 동안 해영에게 물었다.

"소설은 쓰고 있어? 소설을 서로 봐주기로 약속했잖아."

"내 소설은 지명여중 3대 불가사의를 해결하는 명탐정 얘기랬잖냐. 불가사의를 해결하다 탐정이 죽어서 환생하는 장면을 쓰고 있지. 내 소설이 네 거보다 훨씬 재밌을걸?"

"죽은 사람이 어떻게 다시 살아나?"

"넌 요즘 웹소설도 못 봤냐? 죽으면 무조건 환생해! 다들 목숨이 수십 개라고!"

해영의 만족스러운 표정을 보니 굳이 해영의 소설을 봐줄 필요는 없을 듯했다.

오후 2시가 되자 자주색 앞치마를 입은 아주머니가 칸막이 안으로 휠체어를 밀고 들어왔다.

"정말 오랜만에 가족이 왔네요, 할머니! 얼마나 좋으실까."

아주머니는 우리의 맞은편에 휠체어를 세웠다. 나는 아주머니가 사람을 착각해서 영자 할머니가 아닌 다른 노인을 데려온 줄 알았다. 내 기억 속의 영자 할머니는 허리가 꼿꼿했고, 키는 크지 않았어도 튼튼해 보였으며 새까만 파마머리를 하고 있었다. 하지만 내 앞에 있는 노인은 완전히 다른 사람이었다. 새우등처럼 휜 허리에 온통 하얀 머리. 눈에는 초점이 없었고, 얼굴은 굵은 주름과 검버섯이 가득했다. 고작 2년이라는 시간이 한 사람에게서 이렇게 생기를 빼앗을 수 있을까.

"야, 빨리 물어봐. 우리 20분밖에 없어."

해영의 말에 나는 정신을 다잡았다.

"안녕하세요, 할머니. 저 오지은이에요. 신용섭 할아버지 손녀요. 제가 기억나시나요?"

할머니의 시선은 어디를 보는지 알아차릴 수 없을 만큼 흐릿했다. 앞에 여중생 두 명이 앉아 있다는 것도 전혀 의식하지 못하는 것 같았다. 하지만 나는 다시 말했다. 그것 말고는 달리 할 수 있는 일이 없었다.

"2년 전 8월 4일, 진송 초등학교에 불이 났어요. 다들 할머니가 버린 담배꽁초 때문이라고 하지만 저희는 아닐지도 모른다고 생각해요."

영자 할머니는 아무 반응도 보이지 않았다.

"할머니의 손자 시우도 만났어요. 시우는 할머니가 그날 밤에 자기랑 같이 잤다고 했어요. 불이 나기 전까지 텐트 밖으로 나가신 적이 없다고 했어요."

"시우? 우리 시우가 왔냐?"

할머니가 갑자기 얼굴을 치켜드는 바람에 황급히 시선을 피했다. 해영이 내 옆구리를 아프게 찔렀다. 거짓말을 하고 싶지 않았지만 할머니의 대답이 정말 궁금했다.

"네, 저 시우예요. 할머니, 진송 초등학교에 불이 났던 날 밤에 분리수거장에서 담배를 피우셨어요?"

할머니의 눈빛은 또다시 초점을 잃었다. 해영이 말했다.

"야, 그만 포기하자. 에이, 괜히 코만 쑤셨잖아."

영자 할머니는 제대로 된 대답을 할 수 있는 상태가 아니었다. 자기는 담배를 절대로 피우지 않았다고 주장하더라도 그 말은 신빙성이 없었다. 할머니가 누명을 쓰고 있다면 벗겨주고 싶었지만 더 이상 할 수 있는 일은 없었다. 나는 슬펐다. 나를 위로해 주었던 사람이 이런 모습이 되었다는 사실이, 할머니를 위로해 줄 수 있는 사람은 더 이상 없다는 사실이, 그런 사람이 있다 해도 할머니는 그 사람을 알아보지도 못한다는 사실이 너무나도 슬펐다.

"갑자기 와서 죄송해요. 저희 할아버지도 할머니 걱정을 많이 하세요. 다음에 꼭 같이 오겠다고 전해달라고 하셨어요."

나는 해영에게 고개를 돌렸다.

"가자, 심해영."

우리는 소파에서 일어났다. 영자 할머니를 데려왔던 아주머니를 찾아 칸막이 밖을 두리번거리는데 뒤에서 우렁찬 목소리가 들렸다.

"내 신!"

할머니가 해영의 신발을 삿대질하며 휠체어에서 엉덩이를 들썩였다.

"이 도둑년아! 내 신 내놔, 내 신!"

그런 소리를 듣고만 있을 해영이 아니었다. 해영도 지지 않고 외쳤다.

"내가 왜 도둑년이에요! 이거 제 신발이거든요? 우리 아빠가 사줬어요!"

"이 도둑년아, 내놔!"

자주색 앞치마 아주머니가 나타났다. 아주머니는 나와 해영을 칸막이 밖으로 떠밀었다.

"할머님 상태가 좋았다 나빴다 해. 마음 쓰지 말고 다음에 다시 와요."

신발에 대해 물어볼 틈도 없이 우리는 면회실에서 쫓겨났다. 나는 해영이 신고 있는 하얀 크록스를 내려다봤다. 해영이 황당하다는 얼굴로 말했다.

"아, 왜 내 신발 가지고 난리야!"

*

"신? 무슨 신을 보고 그렇게 소리를 질렀는데?"

해영이 툇마루에 벗어 두었던 신발을 가져와 할아버지 얼굴 앞에 흔들었다.

"제 크록스를 보고 자꾸 자기 신발이라고 우기잖아요. 치매 걸리면 다 그렇게 돼요?"

해영의 신발을 뚫어지게 보던 할아버지가 무릎을 쳤다.

"옳지, 이제야 생각이 나네! 영자 할멈이 우리한테 그 신발을 얼마나 자랑했다고. 신발 이름이 뭐라고 했지? 크롱?"

"크롱이 아니라 크록스요. 크, 록, 스!"

"다 떨어진 깜장 쓰레빠를 찍찍 끌고 다니는 꼴이 보기 싫다고 아들이 사줬다고 했어. 마을회관에서 테레비를 보는데 신발을 상자째로 들고 와서 자랑하더라고. 신발이 막걸리처럼 허옇길래 우리가 금세 때 타겠다고 타박을 놨던 기억이 나. 선물을 받았으면 빨리 신지 왜 들고 다니냐고 했더니 아껴 뒀다 캠프 날에 개시할 거라고 했다. 그때는 여름 방학이라 학교에 안 갔으니까."

"그래서 캠프 날에 하얀 크록스를 신고 오셨어요?"

"그럼. 그날도 어찌나 자랑을 하던지 나랑 순길이가 이런 염병할, 태풍이나 와라 했다!"

해영과 할아버지의 대화를 들으며 예나 어머님에게 받은 캠프 날 동영상을 재생했다. 영자 할머니가 나온 부분에서 화면을 확대해 보니 영자 할머니는 정말로 하얀색 크록스를 신고 있었다. 이번에는 몰래 찍어 온 CCTV 영상을 재생했다. 흑백 영상이었지만 담배를 피우는 영상 속 인물은 분명히 검은색 슬리퍼를 신고 있었다. 내가 물었다.

"영자 할머니는 캠프 날에 원래 신던 검은 슬리퍼도 가져오셨어요?"

"아니야. 귀찮게 신발을 뭐 하러 두 개나 가져오냐. 안 그래도 그 깜장 쓰레빠는 어쨌냐고 했더니 학교 올 때는 이제 크롱만 신을 거랬어."

나는 벌떡 일어나 운동화를 앞꿈치에 꿰어 신고 달리기 시작했다. 뒤에서 해영이 외쳤다.

"어디 가! 같이 가!"

똥개 한 마리 돌아다니지 않는 길을 1, 2분쯤 달리자 파란 지붕이 달린 영자 할머니 집이 보였다. 닫힌 대문을 흔들고서야 이 집의 열쇠는 할아버지가 보관 중이라는 사실이 떠올랐다. 하지만 되돌아가서 열쇠를 받아 오기에는 마음이 급했다.

"심해영, 엎드려 줄래?"

"돌았냐?"

"빨리!"

해영은 처음 들어보는 욕설을 중얼거리며 엎드렸다. 나는 해영의 등을 밟고 야트막한 담장을 뛰어넘었다. 나는 키가 커서 다리가 긴 편이고, 오늘은 교복 치마 대신 바지를 입어서 다행이었다.

"악, 내 허리! 너 죽는다!"

해영에게 대문을 열어준 뒤 툇마루 쪽으로 갔다. 고무신과 검은색 슬리퍼가 나란히 놓여 있었다. 슬리퍼는 발등을 감싸는 가죽 부분이 찢어지기 직전이었고, 밑창도 많이 닳아 있었다. 나와 해영은 신발을 벗고 집 안으로 들어갔다.

"야, 싸보. 여기가 어딘데?"

"여기는 영자 할머니 집이야."

"우리는 여기서 뭐 하는 중?"

"영자 할머니의 하얀색 크록스를 찾는 중."

영자 할머니의 집은 할아버지 집과 구조가 똑같았다. 나는 오른쪽에 위치한 가장 큰 방의 미닫이문을 열었다. 작은 옷장과 역시 작은 텔레비전뿐이었다. 크록스는 어디 있을까. 혹시 새 신발이라 아들이 다시 가져갔을까? 해영이 옷장 문을 열었다.

"찾았다."

해영의 두 손에 연두색 상자가 들려 있었다. 상자를 열자 얇은 종이에 싸인 하얀 크록스가 보였다. 캠프가 끝나고 집에 돌아온 뒤 다시 상자에 넣어 놓으신 모양이었다. 며칠 뒤 자기가 범인으로 지목될 줄도 모른 채, 진송 초등학교의 개학 날은 영원히 사라진 줄도 모른 채. 신발을 뒤집자 오른발의 위쪽 밑창이 유난히 까맸다. 할머니는 캠프 날에도 담배를 피웠을 테고, 언제나 담배를 발로 비벼 껐으니까.

해영이 중얼거렸다.

"진짜 있었네, 하얀색 크롱."

"분리수거장에서 담배를 피웠던 사람은 검은 슬리퍼를 신고 있었어."

"영자 할머니가 갑자기 새하얀 크롱을 신고 나타날 줄은 몰랐겠지."

나는 할머니의 신발을 품에 안은 채 미지근한 요구르트를 마시던 툇마루에 앉았다. 해영도 내 옆에 앉아 활짝 열린 대문을 바라보았다. 우리는 거의, 동시에 말했다.

"CCTV에 찍힌 사람은 영자 할머니가 아니야."

첫 번째 협박

현관문을 열고 들어서자 소파에 누워 텔레비전을 보던 엄마가 몸을 일으켰다.

"토요일인데 왜 벌써 오니? 할아버지 댁에 안 갔어?"

"점심만 먹고 왔어. 집에서 해야 할 숙제가 있어서."

"할아버지는 잘 계시니?"

내 방으로 향하던 발걸음이 멈췄다.

"이제 나한테 그런 질문 하지 마. 궁금하면 엄마가 직접 물어봐. 엄마는 아직…… 그럴 수 있잖아."

책상 위에 쓰러지듯 엎드렸다. 누군가 나타나(이왕이면 셜록 홈즈 같은 명탐정이) 이제 어떻게 하면 된다고 말해주면 좋겠다. 경찰서에 찾아가서 지금까지 알아낸 사실을 말하면 어떨까. 신발이 다르다는 건 다시 수사를 시작할 만한 증거가 되지 않을까.

노크 소리가 들리더니 엄마가 들어왔다.

"지은아, 할아버지랑 점심 많이 먹었어? 아파트 입구에 순대 트럭 오는 날인데 사 올까?"

내가 대답하지 않자 엄마는 망설이다 다시 입을 열었다.

"어른들 일은 네가 생각하는 것보다 훨씬 복잡해. 너는 서로 사과하면 그만이라고 생각하겠지만 그런 단순한 말로는 풀리지 않는 감정도 있어. 다시는 너한테 그런 질문……."

"점심 많이 먹지 않았어. 내가 순대 사 올게."

엄마의 변명까지 들어주기에는 머릿속이 너무나 복잡했다. 나는 엄마가 준 만 원짜리 지폐를 들고 밖으로 나갔다. 순대 이 인분이 든 검은 비닐봉지를 들고 우편함을 다시 지나치는데 우리 집 호수가 적힌 우편함에 하얀 편지봉투가 튀어나와 있었다. 순대를 사러 갈 때도 저런 봉투가 꽂혀 있었나? 나는 엘리베이터가 내려오기를 기다리며 편지봉투를 열었다. 봉투에는 종이가 아닌 다른 물체가 들어 있었다.

손바닥 위로 봉투를 거꾸로 흔든 순간, 담배꽁초가 떨어졌다.

*

나와 해영은 요리할 때 쓰는 비닐장갑을 낀 채 휴지 위에 올려놓은 담배꽁초를 쳐다봤다. 해영이 중얼거렸다.

"완전 돌아이 아냐, 이거. 누가 보냈지?"

"그걸 알면 너를 우리 집에 안 불렀겠지."

도대체 누가, 언제 우편함에 이런 걸 넣었을까. 나는 오늘 우편함 앞을 여러 번 지나쳤다. 요양원으로 갈 때, 할아버지 집에서 돌아올 때, 그리고 순대를 사러 다시 나갔을 때. 아무리 기억을 더듬어도 편지봉투가 꽂혀 있던 기억은 나지 않았다. 내가 아파트 입구에 있는 순대 트럭까지 가는 그 짧은 시간 동안 이런 걸 넣었을지도 모른다고 생각하니 속이 메슥거렸다. 하지만 동시에 영자 할머니가 범인이 아니라는 생각은 더욱 확고해졌다. 진짜 범인은 내가 진실에 다가가고 있다는 두려움에 나를 협박하려고 이런 짓을 했을 것이다.

"우편함에 편지봉투를 넣는 모습이 CCTV에 찍혔을 거야. 관리사무소에 가서 보여 달라고 하자."

"야, 싸보. CCTV는 쉽게 안 보여줘. 우리 집에 온 택배가 없어져서 엄마가 보여 달라고 했더니 경찰이랑 같이 오라더라. 그런데 우리 같은 중딩한테 보여주겠냐?"

해영이 나무젓가락으로 담배꽁초를 집어 들었다.

"봉지에 넣어서 고대로 경찰한테 갖다줄까? 담배를 피우면 침이 묻었을 테니까 DNA가 나올 거 아냐."

"그런 실수는 안 했겠지. 담배 위쪽을 보면 입으로 빨아들인 흔적이 없잖아. 불만 붙여도 담배는 타."

"담배 전문가 나셨네. 그럼 일단 우리가 그 사건을 조사하고 있다는 걸 아는 사람 리스트를 만들어 보자. 뭐 하냐, 노트북 켜."

아직도 가슴이 진정되지 않았는지 노트북 덮개를 여는 손이 떨렸다. 내 모습을 지켜보던 해영이 노트북을 번쩍 들어 자기 앞에 놓았다. 그러더니 키보드를 빠르게 두드렸다.

<u>치사하게 담배를 보낸 용의자 리스트</u>

크롱 할아버지 / 윤지혜(캔들 아줌마) / 송지민, 박예나, 김겨울, 김봄(담력 체험 잼민이들) / 윤시우(영자 할머니 손자) / 송지호 / 하얀 이빨 / 강한영 화재조사관 / 버럭 교장 샘 / 영자 할머니 / 강지안

내가 물었다.

"하얀 이빨이 누구야?"

"김동석. 난 그 샘 이빨밖에 안 보인다니까."

"강지안은 왜 넣었어?"

"아니, 그게……."

"그게 뭐?"

"내가 강지안한테 말했어."

"뭘 말해?"

"너희 아빠가 펫 리조트 개발위원장 어쩌고냐고. 그 버럭 교장 샘이 잘못된 정보를 줬을 수도 있고, 강지안 아빠가 다른 회사로 옮겼을 수도 있잖아? 어쨌든 요리조리 찔러보면서 강지안 표정을 살폈는데 눈 하나 깜빡 안 하더라. 자기 아빠가 리조트 개발위원장이 맞대."

담배꽁초 때문에 놀라서일까. 화를 내도 되는 상황 같았지만 별로 화가 나지 않았다.

"강지안과 또 무슨 얘기를 했어?"

"자기 아빠를 왜 궁금해하느냐고 묻길래 우리가 진송 초등학교 사건을 조사하고 있는데 아무래도 진짜 범인이 따로 있는 거 같다고 했지. 그게 다야. 다른 얘기는 진짜 안 했어."

"그럼 강지안 아빠도 넣어."

해영이 엄마가 데워준 순대를 우물거리며 물었다.

"나 때문에 화났냐?"

"아니."

"맞는 거 같은데."

"정말로 아니야. 그럼 이 리스트에서 나를 협박할 이유가 없는 사람을 제거해 보자."

치사하게 담배를 보낸 용의자 리스트

크롱 할아버지 / ~~윤지혜(캔들 아줌마)~~ / ~~송지민, 박예니, 김겨울, 김봄(담력 체험 잼민이들)~~ / ~~윤시우(영지 할머니 손자)~~ / ~~송지호~~ / ~~하얀 아빠~~ / 강한영 화재조사관 / 버럭 교장 샘 / ~~영지 할머니~~ / 강지안 / 강지안 아빠

"우리 할아버지랑 강한영 주임님은 왜 안 지워?"

"야, 싸보. 너희 할아버지라고 빼면 안 되지. 공정성을 지키라고. 너희 할아버지야말로 네가 어디 사는지 제일 잘 아는 사람 아니냐? 네가 공부는 안 하고 이 사건에 지나치게 빠져드니까 때려치우라고 이런 짓을 했을지도 몰라. 그리고 강한영 주임님도 자기가 했던 조사가 잘못됐다는 걸 알고 소방서에서 잘릴까 봐 우리를 막으려고 했을지도 모르지. 소방서에서 일하면 집 주소 검색하기도 쉽지 않겠냐?"

"우리 할아버지는 나를 괴롭히지 않아. 그리고 진송 초등학교에 불을 지른 사람이 나한테 담배꽁초도 보냈을 확률이 높

아. 강한영 주임님도 빼자."

<u>치사하게 담배를 보낸 진짜 용의자 리스트</u>

버럭 교장 샘 / 강지안 / 강지안 아빠

나는 마지막 리스트를 가만히 쳐다보다 말했다.

"교장 선생님이 영자 할머니가 미워서 그랬든, 리조트 회사와 짜고 그랬든 영자 할머니인 척 담배를 피우려면 변장을 했을 거야. 할머니가 늘 입고 다니시던 꽃무늬 블라우스에 펑퍼짐한 보라색 바지를 입고, 검은 슬리퍼를 신었겠지."

"파마머리 가발도 쓰고. 생각해 보니까 완전 웃기네. 그러고 보니 둘이 키도 비슷하잖아?"

옷은 어디에서 갈아입었을까. 텐트에서 갈아입고 나왔다가는 다른 사람에게 들킬지도 모른다. 내가 교장 선생님이라면 어떤 방법을 썼을까. 갈아입을 옷과 가발이 든 가방을 들고 남자 화장실로 가지 않았을까. 거기에서 변장을 하고 분리수거장으로 가서 담배를 피운다. 그리고 다시 남자 화장실로 가서 옷을 갈아입고 텐트로 돌아온다. 그랬다면 분리수거장으로 걸어오는 방향도 설명할 수 있다. 남자 화장실은 학교 건물 오른쪽에 있었으니까.

해영이 불쑥 물었다.

“변장 세트는 어떻게 했을까?”

“응?”

“꽃무늬 블라우스랑 보라색 바지, 가발 말이야. 네가 버럭 교장 샘이라면 집에 갖고 있겠냐, 버렸겠냐? 교장 샘 집을 뒤져서 변장 세트만 나오면 게임 끝이잖아.”

“나라면…… 버렸을 것 같아. 집에서 멀리 떨어진 의류 수거함에.”

“그래? 나라면 태웠을 거 같은데. 아니다, 그럼 연기가 나지. 산에 몰래 올라가서 묻는 게 낫겠다. 진송리에 널린 게 산이잖아.”

변장 세트의 행방은 알 수 없었지만, 증거가 되는 물건을 집에 가지고 있지는 않을 듯했다. 내가 물었다.

“그럼 교장 선생님은 변장 세트를 어디에서 샀을까?”

“부인이 있었다며. 부인 옷을 입었겠지.”

“할아버지는 교장 선생님의 아내분이 ‘아주 세련된 멋쟁이’라고 하셨어. 그런 분이 할머니들 옷을 입었을까?”

“그럼 인터넷으로 샀나?”

“컴퓨터나 핸드폰으로 옷을 사면 기록이 남을 텐데.”

“아니면 옷 가게? 아, 머리 아파. 나도 이제 몰라!”

나는 할아버지에게 전화를 건 뒤 스피커폰으로 돌렸다.

"지은이냐!"

"할아버지, 궁금한 게 있어요. 영자 할머니는 평소에 옷을 어디에서 사셨어요?"

"염병! 영자 할멈이 하루에 똥은 몇 번이나 쌌는지도 물어보지, 왜!"

"영자 할머니가 여름에 늘 입고 다니셨던 꽃무늬 블라우스랑 보라색 바지요. 그 옷은 어디에서 사셨을까요?"

"같은 옷만 빵꾸 날 때까지 입는 할망구가 무슨 옷을 샀겠냐! 산다고 해봤자 시장이겠지."

"그 시장이 어딘데요?"

"읍내에 금요일마다 시장이 서잖냐. 옷 파는 데라고는 거기밖에 없어. 근데 뭐가 계속 이상하냐? 자꾸 왜 그러는 거야?"

"아무래도…… 진송 초등학교에 불을 지른 사람은 영자 할머니가 아닌 거 같아요."

할아버지는 한동안 말이 없었다. 인사를 하고 끊으려는데 다시 할아버지 목소리가 들렸다.

"아니다 싶으면 계속 뒤져봐. 죽을 날이 코앞이더라도 한은 남기지 말아야지."

이번에는 내가 입을 다물었다. 영자 할머니와 시우의 얼굴이 떠올라 가슴이 뻐근해졌다.

"네, 할아버지. 저는 끝까지 해볼 거예요."

전화를 끊은 뒤, 예나 어머님이 보내주셨던 동영상에서 영자 할머니가 나온 부분을 찾았다. 혹시 시장에 가서 똑같은 옷을 사 간 나이 든 남자가 있었냐고 물어보면 어떨까. 내 생각을 들은 해영은 어이없다는 표정을 지었다.

"너 같으면 2년 전에 옷 사 간 손님을 기억하겠냐?"

"남자들은 여자 옷을 잘 안 사잖아. 교장 선생님 사진은 인터넷에서 찾을 수 있을 테니까 사진을 보여주면서 물어봐야겠어. 박수아 선생님께서 세상에는 발로 사건을 해결하는 탐정이 더 많다고 하셨으니까."

"그 말 좀 그만할래? 넌 탐정이 아니거든! 이런 협박까지 받아 놓고 안 무섭냐?"

"무서워."

"그래서 말인데 암호를 정해야겠어."

"왜?"

"위험에 처한 상황이면 카톡으로 암호를 보내는 거지. 아니면 전화를 걸어서 그 암호를 말하거나. 우리가 온종일 붙어 다닐 수는 없잖냐."

"그럴 시간에 112에 전화하는 편이 나아."

"아, 혹시 모르잖아! 일단 암호부터 정해."

해영은 미지근하게 식은 순대를 턱짓으로 가리켰다.

"순대 일 인분! 어때?"

"좀 더 평범한 말이 낫다고 생각해. 나는 주말마다 할아버지 집에 간다, 같은."

"장난하냐? 너무 길잖아!"

결국 긴급 암호는 '순대 일 인분'으로 정해졌다. 부디 그 암호를 말하게 될 일이 없기를 바랄 뿐이었다. 담배꽁초를 보낸 사람은 이만하면 됐다고 생각하고 나를 협박하는 일을 포기할까. 아닐지도 모른다. 처음에는 담배꽁초였다면 다음에는 어떤 짓을 할까.

"금요일 시장에는 나 혼자 갈게. 어차피 내가 시작한 일이고, 이건 내 소설이니까. 다음에는 너희 집에 담배꽁초가 올지도 몰라."

나는 해영의 까맣고 홀쭉한 얼굴을 쳐다봤다. 나도 모르는 사이에 어느새 해영의 눈을 편안하게 쳐다볼 수 있게 되었다. 해영은 지금 어떤 가면도 쓰고 있지 않았다. 눈을 깜박이며 나를 쳐다보는 얼굴에는 당혹감과 실망감이 어려 있었다.

"야, 싸보. 나는 처음부터 네가 마음에 들었다. 왜 그랬는지 아냐?"

"몰라."

"너는 '심해어'라는 별명으로 나를 부른 적이 한 번도 없거든. 진송 초등학교 사건에 꽂혀서 계속 파고드는 네 모습도 좀 멋있었고, 같이 사람들을 만나러 돌아다니는 것도 꽤 재밌었어."

"그랬구나."

"홈즈가 위험에 빠졌다고 해서 닥터 왓슨이 홈즈를 버렸겠냐?"

"책을 읽지 않아서 모르겠어."

"나도 안 읽었지만 설마 버렸겠냐! 그러니까 다시는 그런 얘기 하지 마라. 다음 주 금요일에 시장에 같이 가는 거다."

해영의 표정이 여전히 슬퍼 보였기에 더 이상 반대할 수 없었다. 내가 자기 별명을 부르지 않아 마음에 들었다면서 내 별명은 왜 계속 불렀는지도 묻지 않았다. 대신 해영의 마른 손등에 내 손을 얹었다. 그걸로 대답이 되기를 바라며.

*

나는 모처럼 홀가분한 마음으로 잠자리에 들었다. 다음 주 금요일에 시장에 갈 때까지 구명 산업개발에 대해 알아낼 수 있는 정보를 모두 모아볼 생각이었다. 시장에서 '변장 세트'를 산 사람을 찾지 못한다면 지금까지 모은 정보와 오늘 받은 담배꽁초를 들고 경찰서에 가도 될 것 같았다. 이런저런 생각을 하다 깜박 잠이 들었을 때 베개 옆에서 진동이 느껴졌다. 화면에는 할아버지 이름이 써 있었다.

"할아버지?"

주변이 시끄러워서 할아버지의 목소리가 들리지 않았다. 멀리서 사이렌 소리가 들리는 것 같기도 했다.

"잘 안 들리니까 더 크게 말씀해 주세요."

"지은아, 이걸 어쩌냐. 아이고, 이걸 어쩌냐!"

"할아버지, 무슨 일이세요?"

다음에 들려온 할아버지의 말에 모처럼 편안했던 내 마음은 산산이 부서지고 말았다.

"집에 불이 났다, 야! 이게 도대체 뭔 난리냐!"

3

모든 것이 엉망

"지은이 방에서 주무세요."

엄마는 할아버지 얼굴을 쳐다보지도 않고 말했다.

내가 집으로 돌아간 뒤 마을회관에 있던 할아버지는 밤 10시에 집에 불이 났다는 소식을 들었다. 소방서에 신고한 사람은 옆집 할머니였고, 다행히 다른 집까지 불길이 번지지는 않았다. 나는 할아버지의 전화를 받자마자 엄마에게 알렸고, 엄마는 혼자 차를 몰고 진송리로 갔다. 그리고 몇 시간 뒤에 할아버지와 함께 돌아왔다.

나는 안방으로 들어가는 엄마를 따라갔다.

"집이 많이 탔어?"

"집이 아니라 옆에 딸린 창고. 잡동사니 쌓아 두는 데 있잖아."

"불이 왜 난 거야?"

"조사 결과가 나오면 알려준대. 며칠은 여기 계셔야 할 거야."

담배꽁초를 받은 날, 할아버지 집 창고에 불이 났다는 게 우연일까. 지금이라도 엄마와 할아버지에게 그동안 있었던 일을 얘기해야 할까. 안방에서 나와 내 방을 노크했다. 할아버지는 내 침대에 우두커니 앉아 있었다.

"할아버지, 괜찮으세요?"

할아버지는 넋이 나간 사람처럼 고개만 끄덕였다. 그 모습을 보자 휠체어에 힘없이 앉아 있던 영자 할머니가 떠올라 정신이 번쩍 들었다.

"필요한 거 있으면 저한테 말씀하세요. 엄마는 불편하시잖아요."

할아버지가 희미하게 웃었다. 그 미소에 내 마음은 다시 한번 무너져 내렸다.

어색한 공기 속에 셋이 아침을 먹었다. 쉽게 말을 꺼내기 어려운 분위기지만 그래도 이 중에서 말을 해야 하는 사람은 나인 것 같았다.

"할아버지, 오늘은 뭐 하실 거예요?"

"아침 먹고 집에 가봐야지. 어제는 너무 깜깜하고 소방관들이 자꾸만 나가라고 해서. 오늘 가서 상태가 어떤지 봐야지."

엄마가 차갑게 말했다.

"저는 같이 못 가 드려요. 회사에 볼일이 있어요."

"엄마, 오늘은 일요일이야."

할아버지가 손사래를 쳤다.

"그럼, 얼마든지 혼자 가도 돼. 바쁜데 일 봐."

"제가 엄마 대신 할아버지랑 갈게요."

"오지은, 너 금세 중간고사 아냐? 공부 안 해?"

"하루만. 지금은 위기 상황이니까."

할아버지가 고개를 흔들었다.

"뭐가 좋은 구경이라고 시험공부도 안 하고 따라오냐. 일없다, 일없어."

결국 내가 할 수 있는 일은 할아버지를 버스 정류장까지 데려다주는 것뿐이었다. 멀어지는 버스를 바라보며 해영에게 전화를 걸었다. 그리고 어젯밤에 벌어진 일을 말했다.

"담배꽁초를 보낸 사람이 너희 할아버지 집에 불을 질렀을까?"

"몰라."

"왜 불이 났는지는 누가 조사해? 강한영 주임님?"

"그것도 몰라. 하지만 누가 일부러 불을 지른 게 맞다면 다시는 진송 초등학교 일에 신경 쓰지 않을 거야. 영자 할머니한테는 죄송하지만 우리 가족이 더 중요하니까."

아파트 쪽으로 무거운 발걸음을 돌렸다. 한동안 말이 없던 해영이 입을 열었다.

"싸보, 내일은 학교 끝나고 크롱 할아버지네 갈 거지? 나도 같이 가자."

"너는 이 일에서 빠지는 게 좋겠어. 너희 집에도 나쁜 일이 생길지 몰라. 내가 시작한 일이니까 나만 위험한 걸로 충분해."

"야! 범인은 범죄 현장에 반드시 돌아온다는 말도 모르냐? 구경하려는 사람들이 바글바글할걸? 내가 거기 모인 사람들을 유심히 볼게. 그리고……."

해영의 동생들이 떠들고 고함 지르는 소리가 핸드폰 너머로 들려왔다. 해영은 그 소리에 지지 않겠다는 듯 더 큰 소리로 외쳤다.

"왓슨은 홈즈를 버리지 않아!"

불타버린 창고

해영의 예상은 완전히 빗나갔다. 불이 난 지 이틀이나 지나서인지 구경꾼들은 한 명도 없었다. 마을에 사는 할머니 몇 명만이 대문 앞을 지나가며 혀를 찼다. 집에 딸린 작은 창고는 모든 색깔을 빼앗긴 시커먼 동굴이 되어 있었다. 나는 창고 입구에 붙은 출입 금지 테이프를 바라보다 할아버지에게 전화를 걸었다.

"어디에 계세요? 할아버지 집에 왔는데."

"어디겠냐, 마을회관이지! 거기 있지 말고 이리 와!"

우리는 그곳에서 다시 한번 놀라운 광경을 마주했다. 넓은 방 한복판에 음식이 가득 차려진 상이 보였고, 할아버지는 맨

윗자리에서 기분 좋게 웃고 있었다. 그리고 밝은 색깔의 웃옷을 입은 할머니들이 생일잔치에 초대받은 사람들처럼 상을 둘러싸고 앉아 있었다. 할아버지가 우리를 향해 손짓했다.

"뭐 하고 섰냐. 빨랑 들어와!"

나와 해영은 할아버지를 사이에 두고 양옆에 앉았다. 할아버지가 할머니들을 향해 우렁차게 말했다.

"우리 손녀 오지은이! 이쪽은…… 성함이 뭐라 했더라?"

"심해영요."

"그래, 심해인이! 너희들은 돌아서면 배고플 나이 아니냐. 얼른 이것 좀 먹어라!"

나는 어리둥절한 마음으로 잡채, 굴비, 부침개 같은 음식들을 바라봤다.

"우리 집에 불이 났다고 할멈들이 하나씩 해 왔다. 마음은 쓰라려도 배 속은 번질번질하다, 야!"

"소방서에서는 전화 왔어요?"

"바쁜 사람들 재촉해서 뭐 하나? 사정을 알게 되면 전화해 주겠지. 안 그래도 소방서 양반이 아까 다녀갔는데 마을에서 수상한 사람은 못 봤는지 묻더라. 요즘에는 정신이 회까닥한 놈들이 많잖냐."

"정신이 회까닥한 사람을 보신 분은 있었나요?"

"못 봤지! 불이 났던 토요일 밤에는 노인네들이 죄다 여기 있었으니까. 이장 영감한테 CCTV가 있는지도 묻던데 이 촌동네에 그런 게 어딨냐. 소방서 양반은 화재 원인을 밝힐 거라고 하는데 난 기대 안 한다. 그걸 무슨 수로 찾겠냐?"

"오늘 오셨던 소방관님은 누구예요?"

할아버지는 몸 곳곳을 두드리며 주머니란 주머니는 다 열어보았다. 그러더니 나도 받은 적이 있는 명함을 건넸다.

화재조사관 강한영

"언제까지 여기 계실 거예요? 저랑 같이 집에 가요."

"안 가."

"왜요?"

할아버지는 옆에 있던 막걸리를 사발에 따라 쭉 들이켰다.

"내 집에서 자면 되지 불편하게 거길 뭐 하러 가냐?"

"소방서에서 그래도 된대요?"

"내 집에서 내가 자겠다는데 누가 뭐라 하겠냐! 창고는 작살 났어도 집은 멀쩡해!"

"정신이 회까닥한 사람이 또 올지도 모르잖아요. 그냥 같이 가요."

"아, 일없다니까! 내가 알아서 할 테니까 너랑 해인이는 가서 공부나 해라. 공부 못해도 기죽지 말고! 다 잘할 필요 없다! 내가 젤루 잘하는 거, 그것만 열심히 해도 돼! 아, 그게 공부면 따따봉이고!"

할아버지는 고집을 꺾을 생각이 없어 보였다. 남은 음식을 다 먹어 치울 기세인 해영을 데리고 결국 마을회관을 나왔다. 해영은 마을회관 앞에 놓인 평상에 앉아 요란하게 트림을 했다.

"할머니들 음식이 따따봉이네. 나도 저기에서 살고 싶다."

"강한영 주임님한테 전화해 보자."

"왜?"

"조사 결과가 나왔는지 궁금해서."

우리는 본능적으로 주변을 둘러보았다. 담배꽁초를 보낸 사람이 어디선가 우리를 엿보고 있을지 두려웠다. 다행히 주변에 보이는 것은 봄볕을 쬐고 있는 사과밭뿐이었다. 나는 강한영 주임님에게 전화를 건 뒤 스피커폰으로 돌렸다.

"여보세요."

"안녕하세요. 저는 지난번에 진송 초등학교 사건으로 찾아갔던 오지은……."

"아, 그래. 지명여중 학생이지? 지금은 통화하기가 곤란한데! 또 숙제 때문이니?"

"토요일에 불이 났던 진송리 집요. 거기에 저희 할아버지가 사세요."

"그게 너희 할아버지 집이라고?"

"네. 혹시 왜 불이 났는지 아시나요?"

"아직 조사 중이라 자세한 건 말해줄 수 없지만, 창고 바닥에 불탄 흔적이 가장 강하게 남았기 때문에 최초 발화 지점은 그쪽으로 추정하고 있어. 하지만 전기 합선처럼 화재를 일으킬 요인도 없고, 목격자와 CCTV도 없어서 조사를 마무리하려면 시간이 좀 걸릴 거야. 혹시 몰라서 당부하는데 조사가 끝날 때까지는 창고 안에 들어가면 안 된다."

"누가 창고 바닥에 담배꽁초를 버려서 불이 난 건 아닐까요?"

강한영 주임님은 잠시 말이 없었다.

"왜 그렇게 생각하지?"

"주임님이 그러셨잖아요. 담배꽁초로도 불은 쉽게 난다고. 조사 결과가 나오면 말씀해 주실래요?"

"할아버지께 전화드릴게. 어쨌든 가족들이 많이 놀랐겠네."

주임님이 바빠 보여서 인사를 하고 전화를 끊었다. 해영이 말했다.

"아무래도 범인은 버럭 교장 샘이 맞는 거 같다. 너희 할아버지가 진송 초등학교에 다녔으니까 어디 사는지도 잘 알 거 아니냐. 근데 너희 집 주소는 어떻게 알고 담배꽁초를 놓고 갔지?"

나는 고개를 흔들었다. 이제 진송리에서 더 할 수 있는 일은 없었다. 우리는 버스를 타고 집으로 돌아가기로 했다.

아파트 우편함 앞을 지나치던 나는 걸음을 멈췄다. 지난번과 똑같은 하얀 봉투가 우리 집 우편함 밖으로 얼굴을 내밀고 있었다. 심장이 또다시 거세게 뛰기 시작했다. 나는 집에 들어서자마자 봉투를 열고 안에 든 종이를 펼쳤다.

그만두지 않으면 가족이 또 다쳐.

포기하지 마

“그래, 지은아. 할 말이 있다고?”

“추리소설 창작반을 그만두고 싶어요.”

박수아 선생님의 얼굴에 당황한 빛이 떠올랐다. 선생님은 할 말을 고르려는 듯 짧은 한숨을 내쉬었다.

“이유를 물어봐도 될까?”

“추리소설도 재미없고, 추리소설을 쓸 자신도 없어요. 탈퇴시켜 주시면 원예 동아리로 돌아갈래요.”

“진송 초등학교 사건을 조사하고 있다고 하지 않았니? 넌 우리 부원들 중에서 소재도 제일 먼저 찾았잖아.”

선생님 말이 맞다. 하지만 그 덕분에 할아버지 집에 불이 났다. 이 사건을 더 파헤쳤다가는 엄마도 위험해질지 모른다.

"소재를 찾은 것과 글을 쓰는 일은 달라요. 탈퇴시켜 주세요."

"그럼 지은이는 추리소설을 쓰지 말고 독서감상문을 쓰면 어떨까? 선생님이 너희한테 제일 추천하고 싶은 추리소설은 『셜록 홈즈의 사건집』인데 그 책 아직 안 읽었지?"

"원예 동아리 선생님께도 말씀드렸어요. 다시 돌아와도 된대요."

"좋아. 그럼 딱 일주일만 더 생각해 보고 결정해. 너를 추리소설 창작반에 초대한 건 부원을 한 명이라도 더 모으기 위해서가 아니었어. 국어 교과서를 열심히 읽으면 국어 시험을 잘 볼 수 있다는 내 말을 듣고 그대로 했다고 했지? 너는 교과서를 외울 때까지 읽고, 또 읽었다고 했어. 난 네 끈기가 마음에 들었어. 좋은 글을 쓰기 위해서는 재능도 필요하지만, 만족스러운 작품을 완성할 때까지 끝까지 붙잡고 있는 끈기도 필요하거든. 난 지은이가 이번에도 해낼 수 있다고 믿어. 다음 주 수요일에 다시 얘기하자."

선생님은 진심을 담아 말하고 있었다. 가면 따위는 보이지 않았다. 하지만 다음 주에도 똑같은 생각을 말한다면 선생님도 어쩌지 못할 것이다. 교실을 나오자 해영이 나를 기다리고 있었다.

"야, 싸보. 이제 진짜 끝이야?"

나는 고개를 끄덕이고 복도를 걸었다. 해영은 종종걸음을 치며 나를 따라왔다.

"금요일에 시장 가기로 한 건? 그럼 거기에는 나 혼자 갈까?"

"아니, 가지 마. 너도 협박 편지를 받을 수 있다고 했잖아. 그리고 당분간은 같이 다니지 말자."

해영이 발걸음을 멈췄다.

"야! 솔직히 그럴 것까지는 없지 않냐? 범인이 우리를 온종일 따라다니는 것도 아닌데!"

나는 해영의 말을 무시하고 계속 걸었다.

"헐, 내 말 씹냐? 와, 지금까지 도와줬더니 진짜 어이없네!"

내 뒷모습을 바라보고 있을 해영의 얼굴을 생각하자 마음이 시큰거렸다. 학교 건물을 나오자 지성중 운동장에서 야구부의 함성이 들렸다. 그쪽을 쳐다보지 않으려고 애쓰며 낮은 담장 옆을 지나쳤다.

"오지은, 잠깐만! 할 얘기가 있는데!"

지호의 목소리가 귀에 꽂혔지만 돌아보지 않았다. 도망치듯 교문 쪽으로 빠른 걸음을 옮겼다. 지호는 어떤 얼굴로 나를 보고 있을까. 해영처럼 어이없고 실망한 얼굴을 하고 있을까.

할아버지와 엄마가 없다면 나는 이 세상에서 혼자라고 믿어 왔다. 나는 누구의 마음에도 들지 않는 아이라고 생각했다. 얼굴도 예쁘지 않고, 공부도 별로고, 사이보그처럼 말도 어색하게 하니까. 이제야 친구들이 생겼다고 생각했는데 그것마저 망치고 말았다. 교문을 빠져나온 순간, 내 눈에서는 아까부터 고여 있던 눈물이 흘러내렸다.

*

가방을 열고 내일 할아버지 집에 가져갈 짐을 꾸렸다. 해영은 단단히 화가 났는지 수요일 뒤로 나한테 말을 걸지 않았다. 오히려 잘된 일인지도 모른다. 진송 초등학교에 불을 지르고, 나를 협박한 범인은 그래야 내가 완전히 포기했다고 생각할 테니까. 노트북을 가방에 넣기 전에 전원을 켰다. 지금까지 작성했던 인터뷰 파일을 모조리 지울 생각이었지만 차마 삭제 버튼을 누를 수가 없었다. 아직도 그 사건에 미련이 남은 걸까. 괜히 시간을 끌며 포털 사이트의 연예면 기사를 들여다보다 이메일을 열었다. 수많은 스팸 메일의 행렬 속에서 마우스 스크롤이 멈췄다.

RE: 지명여중 오지은 학생입니다.

이미경 선생님에게 답장이 온지도 모르고 있었다니. 이미경 선생님은 캠프를 열자고 제안했던 진송 초등학교의 교무부장 선생님이다. 소방서 홈페이지에 글을 올리기 전, 혹시 그날 기억에 남는 일이 있는지 묻는 메일을 보냈다. 이미경 선생님에게 온 답장은 이랬다.

오지은 학생,

안녕하세요. 이미경입니다.
저는 지금 필리핀에 거주 중이에요.
메일을 받을 일이 거의 없어서
오지은 학생의 메일을 너무 늦게 확인했어요.
아직도 그때 일이 궁금하시다면
전화번호를 알려 드릴 테니 연락 주세요.
저녁 시간은 아이들을 돌보느라 바빠서
5시 이전이면 좋겠습니다.

메일 밑에는 이미경 선생님의 전화번호가 쓰여 있었다. 필리핀과 한국의 시차를 검색해 보니 필리핀이 한 시간 느렸다. 지금 시각은 오후 5시 30분, 필리핀은 4시 30분이다. 전화를 걸면 선생님과 통화할 수 있겠지만 이제 와서 뭘 물어본단 말인가. 구명 산업개발은 아직 조사하지 못했지만 선생님이 그 회사에 대해 알 리가 없다. 나는 결국 메일 창을 닫았다. 코앞으로 다가온 중간고사 공부를 하려고 했지만 집중이 되지 않았다. 전화를 걸어볼까 고민하는 동안 15분이 지나버렸다. 담배꽁초와 협박 편지를 보낸 사람은 내가 방 안에서 국제 전화를 하리라고는 예상하지 못할 것이다. 나는 필리핀으로 국제 전화 거는 법을 검색한 뒤 결국 이미경 선생님의 전화번호를 눌렀다. 그리고 노트북 메모장을 열었다.

진송 초등학교 사건 기록 8 - 이미경 선생님 전화 인터뷰

이미경: 여보세요.

나: 안녕하세요. 메일을 보냈던 오지은입니다.

이미경: 아, 지명여중 학생. 기억나요.

나: 저랑 이야기하실 수 있을까요?

이미경: 음, 10분 정도는 가능해요. 신용섭 할아버님 손녀라고 했죠? 할아버지는 건강하세요?

나: 허리가 아프다고 하세요.

이미경: 할아버님께 제 안부도 꼭 전해주세요. 근데 무슨 동아리인데 옛날 사건을 조사해요?

나: 옛날이 아니라 2년 전입니다. 동아리 이름은 추리소설 창작반이에요.

이미경: 아, 추리소설……. 궁금한 게 정확히 뭐예요?

나: 그동안 김동석 선생님을 비롯한 여러 분들과 인터뷰를 했어요. 캠프에서 있었던 일은 다른 분들께 들었습니다. 선생님께서는 그날 기억에 남는 일이 있으신가요?

이미경: 글쎄…… 사실 그날은 내가 엄청 바빴어요. 주최자가 나인 거나 마찬가지니까 불편한 점이 없게 하려고 이리저리 뛰어다녔지. 굳이 기억에 남는 일이 있다면…… 분리수거장에서 예나 어머님을 만났다는 정도?

나: 예나 어머님요? 캔들 공방을 하시는?

이미경: 응. 잠깐 화장실에 갔다가 다시 운동장으로 가려는데 거기 서 계시더라고. 그날 예나 어머님이 캠프파이어 장작이랑 착화제를 가져오셨거든요. 그러고 보니 감사 인사도 못 한 거 같아서 그쪽으로 걸어갔는데 날

보고 깜짝 놀라시더니 종이컵을 택배 상자들 위로 던지셨어요. 그리고 손에 들고 있던 걸 등 뒤로 감추셨는데 분명히 식용유 병이었어요.

나: 식용유 병을 왜 들고 계셨을까요?

이미경: 굳이 안 물어봤어요. 곧 저녁 먹을 시간이었으니까 그때 쓰려나 보다 생각했지.

나: 화재조사관님한테도 그 얘기를 하셨어요?

이미경: 어휴, 아니. 영자 할머님 때문에 불이 난 게 금세 밝혀졌는데 뭐 하러 그런 얘기를 해요? 괜히 애꿎은 사람이 의심만 받지.

나: 하지만 지금 생각해 보니 이상하신 건가요?

이미경: 사실 그런 것도 아니에요. 그날 일을 되짚다 보니 그 일이 떠올랐을 뿐이지.

나: 학교 건물 정문은 저녁에 이미경 선생님이 잠가 두셨나요?

이미경: 음……. 그런 기억은 없는데.

나: 정문이나 후문을 잠그는 열쇠는 누가 가지고 있어요?

이미경: 교직원들이 돌아가며 당직을 섰으니까 보통은 그날 당직을 맡은 사람이 가지고 있겠죠. 근데 그날은 열쇠를 누가 가지고 있었는지는 모르겠어요.

나: 네, 도와주셔서 감사합니다.

이미경: 그래요! 또 궁금한 게 생기면 연락해요. 동석 샘한테도 안부 전해주고!

예나 어머님은 왜 분리수거장에서 식용유 병을 들고 있었을까. 상자들 위로 던진 종이컵은 뭘까.

전화를 끊자마자 예나 어머님과 했던 인터뷰 파일을 읽었다. 예나의 부모님은 귀농을 결정하고 진송리로 내려왔지만, 예나는 시골 생활에 적응하지 못했다. 예나 어머님은 다시 서울로 올라가고 싶기도 했지만 예나 아버님이 반대할 게 뻔하다고 생각했다.

나는 의자에서 일어나 방 안을 초조하게 서성였다. 예나 어머님은 지금까지 한 번도 의심하지 않은 사람이었다. 예나를 다른 학교로 전학시키려고, 혹은 다시 서울로 올라가려고 진송 초등학교에 불을 질렀을까? 예나 어머님은 영자 할머니보다 키가 크지만 CCTV에서 구별할 수 있을 만큼의 차이는 아니다. 그렇다면 신발은? 예나 어머님이 그날 하얀 크록스 얘기를 들었더라도 갑자기 그런 신발을 구할 수는 없었을 테고, 그 정도는 아무도 알아차리지 못한다고 생각했을지 모른다.

내가 말도 안 되는 생각을 하는 걸까.

핸드폰을 들고 해영에게 전화를 걸었다. 해영은 한참 만에 전화를 받았다.

"뭐냐, 싸보. 같이 다니지 말자며? 이틀 만에 마음이 변했냐?"

"같이 다니지 말자고 했지, 전화를 하지 말자고 한 적은 없어."

전화기 너머로 시끌시끌한 소리가 울려 퍼졌다.

"너 어디에 있어?"

"읍내 시장. 크롱 할아버지가 오늘이 시장 서는 날이랬잖아."

"거기에 갔다고? 혼자서? 왜?"

"그럼 혼자 가지 누구랑 가냐! 변장 세트 사 간 사람을 찾기로 했잖아! 너 때문이 아니라 내가 찝찝해서 그래! 야, 근데 시장이 생각보다 커. 옷 파는 데도 많고. 벌써 두 군데 가서 물어봤는데 2년 전 일이라고 하니까 다들 벙쪄 하더라. 인터넷으로 찾은 교장 샘 사진도 보여줬는데 다 모르겠대."

나는 해영에게 이미경 선생님과 나눈 이야기를 들려주었다.

"너랑 같이 캔들 공방에 가려고 했어. 왜 식용유 병을 들고 계셨는지 여쭤보려고."

"나는 안 돼! 여기도 슬슬 정리하는 분위기라 빨리 물어봐야 된단 말야. 하, 짜증 나네. 그 촛불 아줌마는 또 뭐냐. 그러지 말고 내일 나랑 같이 가."

"응."

"변장 세트 사 간 사람 찾으면 전화할게."

"심해영."

"왜!"

"고마워."

전화를 끊자 정적이 주변을 감쌌다. 인터넷으로 예나 어머님이 하는 캔들 공방을 검색했다. 지금 시간은 6시 15분. 캔들 공방은 9시에 닫는다고 나와 있으니 지금 출발해도 그곳까지 가기에 충분하다. 예나 어머님을 만나서 어떻게 된 일인지 듣고 싶었지만, 예나 어머님이 진짜 범인이라면 혼자 가는 건 위험할지도 모른다. 내일까지 기다려야 하나 생각하던 중에 김동석 선생님의 친절한 얼굴이 떠올랐다.

도움이 필요한 일이 생기면 언제든지 연락해. 추리소설을 완성하면 나한테도 꼭 보여주고!

선생님은 아직도 화가 나 있을까? 선생님이 같이 가주면 좋을 텐데. 선생님은 어른이니까 해영과 같이 가는 것보다는 나을 것이다. 나는 핸드폰을 들고 다시 전화를 걸었다.

*

아파트 후문 쪽에 비상등을 켠 차가 보였다. 운전석 창문이 내려가더니 김동석 선생님이 손을 흔들었다. 어느새 거리에 어둠이 내려앉고 있었다. 나는 주변을 살핀 뒤 얼른 조수석에 탔다.

"네 전화 받고 얼마나 놀랐는지 아니? 나는 할아버님댁에 불이 났는지도 몰랐어. 지은이 너, 괜찮은 거니? 할아버지도 안 다치셨고?"

"네. 저희는 괜찮아요. 그런데 예나 어머님은 왜 식용유 병을 들고 계셨을까요? 혹시 예나 어머님이 범인이고, 불이 더 잘 나도록 쓰레기에 미리 식용유를 뿌려 놓으셨던 건 아닐까요?"

"만나서 얘기를 들어봐야지. 혹시 캔들 공방에 간다고 미리 전화했니?"

"아니요. 미리 말하면 변명을 준비해 놓을지도 모르니까요."

"좋아. 가보자."

우리가 탄 자동차가 출발했다. 선생님은 큰길 쪽으로 핸들을 부드럽게 돌렸다.

"이미경 선생님께서 안부 전해달라고 하셨어요."

"정말 오랜만에 듣는 이름이네. 이 선생님은 필리핀에서 잘 지내신다니?"

"그건 몰라요."

김동석 선생님의 얼굴에 슬픈 미소가 번졌다.

"시간을 돌릴 수 있다면 과거로 돌아가고 싶다. 그랬다면 이 선생님이 캠프를 추진하자고 했을 때 나도 반대했을 텐데."

"선생님 잘못은 없어요."

"후회해도 달라지는 건 없다는 걸 알면서도 지난 일은 뭐든 아쉬운 법이야. 예전에 읽었던 추리소설에 이런 구절이 있었어. 이야기는 범죄 사건이 벌어지기 훨씬 전부터 시작된다고. 많은 일이 얽히고 설켜서 결국 한 사건이 벌어지는 거지."

차 안에는 나와 선생님의 숨소리만 들렸다. 예나 어머님을 만나면 어떤 질문부터 해야 할까. 내 가방에는 비닐에 넣은 담배꽁초와 협박 편지가 들어 있었다. 예나 어머님이 범인이 맞는다면 그걸 보고 재빨리 가면을 쓸까. 그렇다면 내가 그 가면을 알아볼 수 있을까. 잠시 뒤에 어떤 일이 생기든 선생님이 옆에 있어 다행이라고 생각하는데 핸드폰에서 벨소리가 울렸다. 해영이라고 생각했지만 뜻밖에도 지호의 이름이 떠 있었다.

"누구니?"

"송지호요."

"받아봐."

나는 고개를 끄덕이고 지호의 전화를 받았다.

"여보세요."

"오지은. 지난번에는 왜 그냥 갔냐? 할 얘기가 있어서 불렀는데."

"미안해."

"지금은 괜찮아?"

"오래는 안 돼. 차 안이야."

"어어, 짧게 끝낼게. 너 추리소설 쓰는 데 도움이 될 것 같아서. 지민이 상태가 계속 안 좋았다고 했던 거 기억나냐?"

"응."

"좀 이상하다 싶어서 엊그제 앉혀 놓고 진지하게 물었어. 도대체 왜 그러냐고. 그랬더니 황당한 소리를 하더라고."

"무슨 소리를 했는데?"

"애들한테 과학실 귀신 얘기를 해준 사람이 동석 샘이었다고 했잖아. 그런데 여름 방학식 날에 동석 샘이 지민이를 따로 부르더니 캠프 날 밤에 애들이랑 담력 체험을 해보면 어떻겠느냐고 했대. 네 소심한 성격을 극복하는 데 도움이 될 거라고. 교장 샘 허락도 받았으니 괜찮다고. 대신 부모님들한테 들키면 샘들이 곤란해질 수 있으니까 남자끼리의 비밀로 하자고. 어쨌든 지금까지 비밀을 지킨답시고 입을 다물고 있었는데 갑자기 너희가 찾아오지 않나, 영자 할머니 손자가 자기 할머니는 범인이 아니라며 울지 않나. 뭐가 이상하다 싶었는지 애가 마음이 불편했나 봐."

이건 또 무슨 말일까. 누군가 양쪽 관자놀이를 세게 짓누르는 느낌이었다.

"동석 샘이 애들이랑 장난도 잘 치고 그랬으니까 다 농담이었을지도 몰라. 그래도 애들이 과학실에 있을 때 불이 났으면 어쩔 뻔했냐? 그런 생각을 하니까 나도 좀 열받더라고."

심장 박동이 빨라졌다. 교장 선생님이 그 일을 허락했다니. 학교에 들어간 아이들이 없었다면 영자 할머니가 범인이라는 증거는 CCTV 영상뿐이다. 역시 범인은 교장 선생님이었다. 김동석 선생님에게 당시 상황을 자세히 물어보고 싶어 옆얼굴을 흘끔거렸다. 혼란에 빠진 나와 달리 선생님은 미소를 머금은 얼굴로 운전 중이었다. 그때, 선생님이 했던 말이 별안간 머릿속을 울렸다.

아이들이 무서운 얘기를 해달라고 졸라서 예전에 어디선가 들었던 괴담을 들려줬지. 하지만 그렇다고 아이들이 캠프 날 밤에 과학실에 갈 줄은 몰랐어.

그렇다면 김동석 선생님은 왜 거짓말을 했을까. 교장 선생님의 허락까지 받은 일이라면 우리한테 솔직히 말했어도 되지 않을까.

"오지은, 내 얘기 듣고 있냐?"

지호의 목소리가 메아리처럼 흐릿하게 들렸다. 머릿속이 바쁘게 돌아갔다. 나는 어둠에 잠긴 주변 풍경을 바라봤다. 그럴 리는 없겠지만 혹시 모를 위험에 대비해야 한다. 그때 해영과 정한 암호가 떠올랐다.

"응. 내일 만나서 순대를 먹자."

"순대? 너 순대 좋아하냐?"

"응. 내일 교문 앞에서 심해영과 만나서 순대를 먹자. 나는 일 인분만 먹으면 돼. 심해영에게도 전화해서 말해줘. 그럼 안녕."

핸드폰을 쥔 손이 어느새 땀으로 미끈거렸다. 침착하자. 지호의 말대로 김동석 선생님은 장난삼아 지민에게 그런 말을 했을 것이다. 아니면…… 김동석 선생님과 교장 선생님이 함께 일을 꾸민 건가?

"지호가 뭐라고 하니?"

"학교 근처에…… 순대 트럭이 와요. 내일 같이 먹으려고요."

김동석 선생님은 영자 할머니가 담배를 피우는 것도, 내가 이 사건에 대해 어디까지 조사했는지도 알고 있다. 하지만 아무리 생각해도 선생님이 공범일 리 없었다. 선생님이 도대체 뭐 하러 학교에 불을 지른단 말인가? 교장 선생님 혼자서 한 일이 확실하다.

"캔들 공방에는…… 언제 도착해요?"

"어두워서 길이 잘 안 보이지? 여기에서 5분만 더 가면 진송리로 빠지는 다리가 나와. 다리를 건너지 않고 직진하면 금세 캔들 공방이고."

선생님의 미소를 보자 심장 박동이 조금씩 잦아들었다.

진정해, 오지은. 범인은 교장 선생님이야. 김동석 선생님은 그런 짓을 할 이유가 없어.

"지은아, 아직 저녁 안 먹었지?"

"네."

"예나 어머님이랑 헤어지면 같이 밥이나……."

또다시 벨소리가 들렸다. 선생님이 내 핸드폰을 흘깃 보고 말했다.

"해영이구나? 스피커폰으로 돌려봐. 나도 인사나 하게."

"네."

선생님이 시키는 대로 전화를 받고 스피커폰으로 돌렸다.

"여보세요? 심해영, 나는 지금 예나 어머님한테 가는……."

"야, 싸보! 하얀 이빨이야! 하얀 이빨이 옷 샀대!"

"뭐라고?"

"김동석이라고! 김동석이 시장에서 변장 세트를 샀어! 교장샘이 아니라 김동석이 범인이라고!"

머릿속이 멍해지면서 아무 소리도 들리지 않았다. 선생님이 내 쪽으로 천천히 고개를 돌렸다. 가면이 벗겨진 선생님의 얼굴은 완전히 다른 사람 같았다. 선생님이 싸늘하게 물었다.

"내가 무슨 옷을 사?"

어둡고, 어두운 밤

선생님이 핸드폰을 빼앗았다. 핸들이 오른쪽으로 꺾이며 차가 휘청였다. 자동차가 진송리로 들어가는 다리를 건너는 동안 나는 뻣뻣하게 굳은 채 숨소리도 내지 못했다. 영화에서 나처럼 궁지에 몰린 사람이 나올 때면 왜 저렇게 답답하게 굴까, 왜 좀 더 용감하게 맞서지 않을까 생각한 적이 많았다. 하지만 내가 그 상황에 놓이자 영화 속 인물들의 행동은 완전히 현실적이었다는 생각이 들었다. 자동차는 진송리를 빠르게 통과했다. 나는 눈물이 고이기 시작한 눈으로 어둠에 잠긴 낯익은 풍경을 바라봤다. 운전석으로 몸을 날려 핸들을 꺾을 용기도, 차 문을 열고 뛰어내릴 용기도 없었다. 내가 할 수 있는

유일한 일은 선생님에게 진실을 묻는 것뿐이었다.

"선생님이…… 진송 초등학교에 불을 질렀어요? 저를 협박한 사람도…… 선생님이에요?"

선생님은 대답하지 않았다. 친절한 미소도, 웃을 때 드러나던 하얗고 가지런한 치아도 보이지 않았다. 지호가 해영에게 전화를 해줄까? 전화를 해서 순대 얘기를 해줄까? 해영이 내가 위험에 빠졌다는 걸 알아차린다 해도 해영은 내가 어디 있는지 모른다. 핸드폰에서 벨소리가 다시 요란하게 울리자 선생님의 어깨가 움찔했다. 나는 운전석 문 쪽에 꽂힌 핸드폰을 애타게 바라보며 물었다.

"다들 선생님이 좋은 사람이랬어요. 도대체…… 왜 그러셨어요?"

"내가 아까 했던 말 기억나니? 이야기는 사건이 벌어지기 훨씬 전부터 시작된다고. 난 진송 초등학교에서 최선을 다해 일했어. 제일 젊은 선생이라는 이유로 온갖 잡무를 떠맡았지만 괜찮았어. 그만큼 학교 일에 익숙해지고, 바빠도 배우는 게 있을 거라고 생각했거든. 그렇게 4년을 일하던 중에 다른 도시에 있는 사립 초등학교에서 초빙 교사 공고를 낼 거라는 소문을 들었어. 정말 반가운 소식이었지. 거기는 진송리보다 훨씬 발전한 도시였고, 경상남도에서 제일 큰 병원도 있었거든."

할아버지가 했던 말이 생각났다. 할아버지는 김동석 선생님의 어머니가 오랫동안 편찮으셨다고 했다.

"병원이라면…… 선생님 어머니 때문에요?"

"그래. 앓고 계시던 병이 점점 심해지셨거든. 내가 그 도시에 있는 학교로 옮기면 어머니도 그 병원에 다니기 편할 테니까. 그래도 교장 선생님께는 미리 말씀드려야 할 것 같아서 말을 꺼냈어. 우리 어머니가 편찮으신 걸 뻔히 알면서도 돌아온 건 호된 꾸지람뿐이었지. 요즘 젊은 선생들은 편한 곳만 찾는다, 집에 환자가 있는 게 너뿐이냐, 지원 서류에 도장도 안 찍어줄 거고 여기에서 5년을 다 채울 때까지는 전근 생각은 하지도 마라."

교장 선생님이 불같이 화를 내는 모습이 머릿속에 그려졌다. 자동차는 가로등 하나 없는 암흑 같은 길을 달리고 있었다. 나는 터질 듯한 심장 박동을 느끼며 검은색, 노란색이 사선으로 그려진 표지판을 바라봤다. 어떻게든 시간을 끌어보려고 선생님에게 다시 물었다.

"그래서…… 진송 초등학교에 불을 지르기로 하셨어요? 교장 선생님한테 복수하려고요?"

"나는 결국 지원하려던 초등학교를 포기하고 진송 초등학교에 머물렀어. 다음 해 1학기에 어르신 세 분이 신입생으로 입학했고, 1학기가 끝날 무렵에 어머니가 갑자기 돌아가셨지. 온갖 후회와 원망으로 가슴이 찢어지는 것 같았어. 그때 큰 병원이 있는 도시로 학교를 옮겼다면 어땠을까. 어머니가 거기에서 치료를 받으셨다면 이런 일은 없지 않았을까. 교장 선생님을 향한 원망이 극에 달했을 때 이미경 선생님이 방학 때 운동장에서 캠프를 하자고 했어. 모든 계획이 단번에 떠올랐지. 준비는 우리가 하더라도 어차피 책임자는 교장 선생님이야. 캠프 날 불이 나면 교장 선생님이 난처해질 거라고 생각했어. 교장 선생님은 정년퇴임을 앞두고 계셨고, 퇴임 후에는 시의원 출마를 생각하고 계셨는데 그런 사고가 나면 경력에도 흠집이 날 테니까."

"죄는 영자 할머니에게 덮어씌우고요?"

"그래. 그분이 분리수거장에서 담배를 피우는 건 하루이틀 일이 아니었거든."

"4학년 애들한테는 일부러 담력 체험을 시키셨어요. 교장 선생님도 허락한 일이라고 한 건…… 거짓말이었던 거죠?"

선생님은 입을 다물었다. 내가 그 사실까지 알아냈다는 건 모르고 있었을 것이다.

"지민이를 부추기기는 했지만 아이들이 진짜 과학실에 올라갈지는 알 수 없었어. 그건 운에 맡기기로 했지. 과학실 문을 미리 열어 두고, 예전에 쓰던 핸드폰 알람에 다운 받은 음성 파일을 세팅했어. 아이들이 분리수거장 쪽으로 나와야 나를 볼 수 있을 테니 정문은 미리 잠가 두었고. 변명처럼 들리겠지만 나는 사람들이 안 다치도록 최선을 다했어. 하필이면 그날 태풍 예보가 있어서 강당에서 자자는 의견이 나왔지만 내가 나서서 반대했어. 아이들이 텐트에서 자고 싶어 하니까 그 의견을 들어주자고."

"심해영이 읍내 시장에 갔어요. 선생님이 옷을 산 걸 알아냈다고 했어요."

선생님은 굳은 얼굴로 앞만 바라봤다. 마주 오는 차도, 우리를 따라오는 차도 없었다.

"나름 완벽했다고 생각했는데 너희 같은 중학생들한테 발목을 잡힐 줄은 몰랐어. 영자 할머님이 담배 끄는 습관은 생각하지 못했어. 그날 다른 신발을 신고 오신 줄도 몰랐고."

"심해영도 이제 선생님이 범인인 걸 알아요. 계속 전화를 안 받으면 경찰에 신고할 거예요. 그러니까 집에 데려다주세요. 제발요."

자동차의 속력이 서서히 줄어들었다. 선생님은 비상등을 켠 채 갓길에 차를 세우고 조수석 쪽으로 몸을 돌렸다. 나는 비명을 지르며 차 문에 바싹 붙었다.

"지은아, 나도 후회하고 있어. 그렇게 큰불이 날 줄은 정말 몰랐어. 자동차를 태울 생각도 없었어. 나는 그저…… 교장 선생님을 조금 곤란하게 만들고 싶었을 뿐이야. 내가 교사 일을 그만둔 것도 그 일에 양심의 가책을 느꼈기 때문이야. 어쨌든 지은아, 이제 다 지난 일이야. 영자 할머님은 그 일이 아니었더라도 결국 치매 증상이 심해지셨을 거야. 아이들은 더 좋은 학교에 다니게 됐고, 펫 리조트가 들어오면 진송리도 발전할 거야. 나도 충분히 반성하고 있으니까 그냥 잊어주면 안 될까?"

선생님의 어이없는 변명에 분노가 치밀었다. 나는 숨을 몰아쉬며 선생님을 쳐다봤다.

"영자 할머니 아들은 이제 면회도 안 와요. 그리고 선생님이 생각하는 좋은 학교는 뭐예요? 깨끗하고, 도시에 있고, 학생들이 많은 학교인가요? 아까 그러셨죠. 사람들이 안 다치도록 최선을 다하셨다고. 그 말은 틀렸어요. 선생님 때문에 많은 사람이 마음을 다쳤어요."

"내 마음도 편했던 건 아니야! 내 죗값을 씻으려고 지금도 아이들을 열심히 가르치고 있어. 나한테는 이제 어린 딸도 있어. 우리 아기를 봐서라도 한 번만 용서해 줘, 부탁이야."

"선생님을 용서해 주면 집에 갈 수 있어요?"

"물론이지."

선생님의 익숙한 미소를 보는 순간, 온몸에 소름이 돋았다. 선생님은 지금 재빨리 만들어 낸 가면을 쓰고 있었다. 선생님이 나를 향해 손을 뻗은 순간 차 문을 열고 뛰쳐나갔다. 그리고 가드레일을 뛰어넘어 나무를 헤치고 달리기 시작했다.

"오지은! 기다려!"

어디로 가는지도 모른 채 무작정 달렸다. 뒤에서 선생님의 다급한 발소리가 쫓아왔다. 여긴 어딜까. 나는 이제 어떻게 되는 걸까. 선생님에게 붙잡혀 해코지를 당할지도 모른다는 생각이 들자 온갖 후회가 한꺼번에 밀려들었다. 내일 캔들 공방에 함께 가자는 해영의 말을 왜 듣지 않았을까. 엄마와 할아버지에게 왜 한 번도 사랑한다고 말하지 않았을까. 2년 동안이나 널 좋아했다고 지호에게 왜 고백하지 못했을까.

곳곳에서 튀어나오는 나뭇가지에 뺨과 팔을 긁히며 도망치는 동안 눈물이 쉴 새 없이 흘러내렸다. 나는 존재하는지도 알 수 없는 신을 향해 기도했다. 제발 살려 달라고, 사람들에게 아직 하지 못한 말이 많다고, 이름도 모르는 산속에서 죽고 싶지 않다고. 나무들이 빽빽한 곳을 빠져나오자 어이없게도 봉긋하게 솟은 무덤 두 개가 튀어나왔다. 마치 내 미래를 예고하는 것 같아 다리에 힘이 풀려 주저앉고 말았다.

"지은아! 선생님이랑 얘기 좀 하자! 집에 데려다줄게!"

선생님의 목소리가 점점 가까이 다가왔다. 온 힘을 다해 몸을 일으켰지만 숨을 곳은 없었다. 절박한 시선이 주변을 훑었지만 눈물로 흐릿해진 시야 때문에 길이 어디로 나 있는지조차 보이지 않았다. 나는 결국 숨을 헐떡이며 다시 산속으로 뛰어들었다. 하지만 길이 있으리라고 믿은 곳은 폭이 너무 좁았고 나는 비명도 지르지 못한 채 아래로 굴러떨어졌다. 여기저기 튀어나온 돌과 덤불들이 내 몸을 사정없이 할퀴고 찔러댔다.

나를 향한 모든 공격이 드디어 멈췄을 때, 나는 산비탈 아래에 쓰러져 있었다. 어딘가에서 흘러나온 피가 입술을 적셨다. 가쁜 숨을 토해내며 밤하늘에 걸린 초승달을 올려다봤지만 모든 광경이 서서히 흐릿해졌다. 나는 아팠고, 피곤했고, 쉬고 싶었다. 이대로 잠들면 모든 고통과 두려움이 사라질 것 같았다. 어둠에 잠긴 산은 고요했다. 이제 선생님의 발소리도 들리지 않았다. 아득해지는 정신을 붙잡아 줄 수 있는 것은 아무것도 없었다. 아주 먼 곳으로 떠나서 편안히 잠들고 싶었다.

"아이고, 지은아! 너 어딨냐! 할아비다!"

감기던 눈꺼풀이 멈췄다. 죽을 때가 되면 환청이 들려오는 걸까. 할아버지가 여기 올 리 없는데.

"야, 싸보! 우리 내일 순대 먹어야지! 들리면 대답 좀 해!"

이번에는 해영의 목소리가 멀리서 울렸지만 대답할 힘을 내기에는 몸이 너무 아팠다. 내 의식은 다시 흐릿해졌다. 눈꺼풀이 완전히 감기려던 순간 친숙한 목소리가, 어쩌면 가장 기다렸던 목소리가 또다시 나를 뒤흔들었다.

"지은아, 엄마야! 지은아, 어딨니!"

엄마의 울음 섞인 목소리. 어느새 내 눈에서도 눈물이 흘러내리고 있었다. 엄마의 애타는 외침에 화답하기 위해 나는 숨을 힘껏 들이마셨다.

"엄마……."

그 목소리는 내 귓가에만 울려 퍼졌다. 나는 얼굴을 찌푸리며 숨을 몰아쉬었다. 가슴에서 찌르는 듯한 통증이 느껴졌지만 마지막으로 온 힘을 다해 외쳤다.

"엄마…… 나…… 여기 있어!"

사랑하는 사람들의 목소리는 더 이상 들리지 않았다. 콧속을 메운 차가운 공기도, 등을 찌르는 돌들도, 온몸을 괴롭히는 통증도 느낄 수 없었다. 하지만 이상하게도, 한 가지 생각만은 끈질기게 떠올라 내 입가에 미소를 남겼다.

나는 해낸 것 같다.

3개월 뒤

1학기의 마지막 동아리 수업 날. 교실에는 여느 때보다 진지한 분위기가 맴돌았다. 각자의 책상에는 프린트된 종이들이 수북이 쌓여 있었다. 박수아 선생님은 우리의 얼굴을 바라보며 한 명씩 눈을 맞췄다.

"너희에게 추리소설을 쓰라고 했을 때는 사실 나조차도 확신이 없었어. 이제 와서 고백하자면 못 하겠다고 탈락하는 사람도 분명히 나올 거라 생각했지. 너희도 소설을 쓰는 동안 암담한 기분이 들었을 거야. 귀찮기도 했을 테고, 포기하고 싶은 순간도 있었겠지. 내가 당최 여기 왜 들어왔나 머리카락을 쥐어뜯고 싶었을걸."

선생님 말에 동의하듯 우리는 웃음을 터뜨렸다. 하지만 우리를 바라보는 선생님의 눈빛은 여전히 따스했다.

"하지만 너희는 한 명도 빠짐없이 완성된 원고를 제출했어. 끝까지 이 과정을 견딘 사람은 분명히 얻은 게 있으리라고 생각해. 너희도 힘들었겠지만 나도 쉽지만은 않았어. 도대체 카톡 창에다 소설을 써서 주는 건 무슨 경우니?"

1학년 부원이 중얼거렸다.

"한글 프로그램이나 워드에 쓰라고 처음부터 말씀해 주셨어야죠."

"하, 말 안 해도 당연히 알 줄 알았지!"

선생님의 말대로 소설 한 편을 완성하는 일은 쉽지 않았다. 게다가 나는 오른팔을 다치는 바람에 왼손으로 키보드를 띄엄띄엄 눌러야 했다. 해영이 우리 집에 놀러 왔을 때는 내가 문장을 부르면 해영이 대신 키보드를 쳐주기도 했다. 내 추리소설은 처음에 생각했던 대로 진송 초등학교 화재 사건을 다루었다. 실존 인물들의 이름과 지명, 학교 이름은 바꾸었고, 진짜 범인이 어떤 동기와 방법으로 불을 질렀는지, 그리고 영자 할머니에게 어떻게 죄를 뒤집어씌웠는지 꼼꼼히 썼다. 처음은 어려웠지만 중간 부분은 처음보다 나았고, 마지막 문장을 쓸 때는 알 수 없는 감정에 눈물이 나오기도 했다. 박수아 선생님의 조언대로 나는 글을 고치고, 또 고쳤다. 내 글솜씨가 쓰면 쓸수록 좋아지고 있다는 걸 발견했을 때는 정말 뿌듯했다. 생각해 보면 살면서 맞닥뜨리는 대부분의 일도 하면 할수록 나아지지 않을까 싶다.

소설을 쓰는 내내 가장 큰 힘이 됐던 건 나 자신에 대한 믿음이었다. 더 어려운 일도 해냈으니 이 소설도 끝까지 쓸 수 있으리라는 믿음. 박수아 선생님이 말했던 대로 나에게는 쉽게 포기하지 않는 마음이 있었으니까. 중간에 조사를 그만두었더라면 이 사건의 진범은 영원히 밝혀지지 않았을 것이다. 물론 나 혼자 진송 초등학교 사건을 해결한 것은 아니었다. 바쁜 시간을 쪼개 과거 이야기를 들려준 사람들, 특히 조사를 함께하고 순대 암호를 만든 해영이 없었더라면 나는 이 자리에 없었을지도 모른다.

해영은 병원에서 의식을 찾은 나에게 시장에서 겪은 이야기를 들려주었다. '변장 세트'를 사 간 사람을 찾은 건 기적이나 다름없었다. 마지막으로 갔던 여자 옷 가판대 주인은 다른 상인들보다 젊은 아주머니였다. 해영은 영자 할머니가 나온 동영상을 캡처한 사진과 교장 선생님 사진을 보여주었다. 그리고 혹시 2년 전에 교장 선생님이 꽃무늬 블라우스와 보라색 바지를 사 갔느냐고 물었다. 기억을 더듬던 아주머니는 이렇게 대답했다.

"이 양반은 아니고 젊은 남자가 다녀간 적이 있어. 남자가 이런 옷을 사는 일은 거의 없기도 하고, 어찌나 싹싹하고 웃는 게 예쁘던지 기억이 나네. 할머니 생신 선물을 산다기에 그 할머니는 얼마나 좋을까 싶었어."

그 순간 해영의 머릿속에 하얀 이빨, 아니 김동석 선생님의 얼굴이 떠올랐다. 해영은 김동석 선생님의 인스타그램을 보여주었고, 아주머니는 그 사람이 맞다고 했다.

"너랑 전화가 끊긴 다음에 바로 송지호한테 전화가 오더라고. 순대 얘기를 듣고 진짜 돌아버리는 줄 알았어. 뭐가 잘못됐다 싶었지. 넌 전화도 안 받지, 촛불 아줌마는 너는 거기 안 왔대지. 네 엄마나 할아버지한테 연락하고 싶은데 번호도 모르지. 그때 강한영 주임님이 생각나더라. 소방서에서 받은 명함으로 전화를 걸어서 네가 실종됐다고 했어. 처음에는 장난인 줄 알고 떨떠름해하셨는데 네 할아버지 집에 불도 나고 그랬잖냐. 주임님이 경찰에도 연락하고 너희 할아버지랑 엄마한테도 전화해서 네 핸드폰 번호로 긴급 위치 추적인지 뭔지를 한 거야."

"너랑 엄마, 우리 할아버지는 어떻게 거기까지 왔어?"

"집에만 있자니 미치겠더라고. 어떻게 됐는지 물어보려고 소방서로 갔는데 너희 엄마랑 할아버지도 와 계시더라. 너희 할아버지가 자기도 가야 되니까 데려다 달라고 막 퇴근하려는 주임님한테 완전 진상…… 난리를 좀 부리셨지. 그래서 주임님 차에 우르르 타고 경찰한테 물어봐서 네 위치가 뜬 곳까지 갔는데 동석 샘 자동차 문이 활짝 열려 있는 거야. 먼저 도착해 있던 경찰들이 가족들은 집에 가라고 했는데 너희 할아버지가 들을 리 있냐? 허들 선수처럼 가드레일을 뛰어넘더니 산속으로 돌진하는 거야. 너희 할아버지 허리 아프다고 하지 않았냐? 우사인 볼트로 환생하신 줄."

그 말을 듣고 병원 침대에서 키득거렸던 기억이 떠올랐다. 도망치던 김동석 선생님은 결국 뒤따라온 경찰에게 붙잡혔고, 결국 진송 초등학교와 할아버지 창고에 불을 지른 일을 자백했다. 그리고 지금은 두 건의 방화죄와 납치죄로 재판을 기다리고 있다고 했다.

아, 중요한 일을 빼먹을 뻔했다. 식용유 병을 들고 분리수거장에 있던 예나 어머님 이야기 말이다.

"내가 캔들 공방에 가서 물어봤는데 별일 아니었어. 촛불 아줌마가 캠프 날에 캔들 점화제를 가져왔다고 했잖아. 근데 누가 이런 말을 하면서 면박을 줬대. 식용유를 적신 티슈를 종이컵에 넣고 불을 붙이면 점화제 같은 게 필요 없다고. 그래서 그 방법이 진짜 가능한지 분리수거장에서 실험해 보려고 했다나."

"그럼 예나 어머님은 갑자기 이미경 선생님이 나타나서 종이컵을 버리셨던 거네. 그 종이컵에는 식용유를 적신 티슈가 들어 있었고."

"그렇지. 불이 번지는 데 자기도 모르게 한몫한 듯? 그 종이컵만 없었더라도 그렇게 큰불이 나지는 않았을지도."

내가 병원에 있는 동안, 이 사건에 대한 소문은 지명여중과 진송리, 그리고 H시에도 퍼졌다. 퇴원하자마자 모든 일이 정신없이 돌아갔다. 나는 진송리 마을회관에서 열린 성대한 잔치에 초대받았으며, 기자들도 나를 만나기 위해 학교와 집으로 찾아왔다. 박수아 선생님은 나 덕분에 추리소설 창작반에 들어오고 싶어 하는 아이들이 폭주하고 있다고 했다. 그뿐만이 아니었다. H시에서 받은 용감한 시민상 때문에 상장을 들고 사이보그처럼 웃고 있는 내 사진은 인터넷 기사에도 실렸다. 그리고 내일 열릴 방학식에서는 학교 이름을 빛낸 공로로 또 표창장을 받기로 했다. 그 모든 일에 대해 내가 건 조건은 하나였다. 반드시 해영도 함께 인터뷰를 하고 상을 받는 것.

"자, 그럼 다들 부원들이 제출한 작품을 읽었지? 이제 표제작을 정할까?"

박수아 선생님의 목소리가 나를 현실로 이끌었다. 내가 고개를 들었을 때 나를 뺀 아홉 명의 부원들은 모두 나를 바라보고 있었다. 진송 초등학교 사건 덕분에 그 어느 때보다 많은 사람들의 시선을 받고 있었지만 이건 아니다 싶었다. 당황한 나머지 다급한 목소리가 튀어나왔다.

"저는…… 아닌데요."

"작가는 원래 자기 작품에 대해 객관적으로 판단하기가 힘든 법이야. 다른 사람들 의견은 어때?"

부원들이 내 소설에 대해 이야기하는 걸 듣고 있자니 먼지가 되어 사라지고 싶은 기분이 들었다. 칭찬밖에 없었는데도 그랬다. 진짜 작가들은 독자들이 자기 책에 대해 이러쿵저러쿵 말하는 걸 어떻게 견딜까. 작가가 되려면 글솜씨뿐만 아니라 튼튼한 심장도 갖춰야 할 것 같았다.

"그럼 마지막으로 우리 동아리의 회장, 지안이가 말해볼까?"

지안과 내 시선이 마주쳤다. 한때는 지안과 지안의 아빠를 의심한 적도 있었다. 동아리 수업이 끝나면 지안에게 꼭 미안하다고 말할 것이다. 사고를 당했던 산속은 조금도 떠올리기 싫지만 그곳에서도 배운 점이 있었다. 주변 사람들에게 미안해, 고마워, 사랑해 같은 말을 하는 것을 부끄러워하거나 미루지 않는 것.

"저도 오지은의 소설이 표제작이 되어야 한다고 생각합니다. 실제 사건을 조사하는 데서 시작해서 경찰의 수사 결과까지 뒤집었기 때문만은 아니에요. 저는 무엇보다 사건을 끝까지 파헤치는 두 주인공의 끈기에 감동했습니다. 명탐정이 되기 위해서는 사건을 반드시 해결하겠다는 집념이 무엇보다 중요하니까요. 게다가 이 소설에서는 피해자를 진심으로 안타까워하는 마음이 느껴졌습니다. 인간을 따뜻하게 바라보는 작가의 시선이 참 좋았어요."

지안은 얼빠진 얼굴을 한 나를 향해 고개를 끄덕였다. 나는 들릴 듯 말 듯한 목소리로 속삭였다.

고마워, 강지안.

*

"할머님, 요즘엔 손님들이 부쩍 많이 오네요. 토요일에는 아드님이랑 손자분이 다녀가시더니 오늘은 손녀들이 왔어요!"

자주색 앞치마를 입은 아주머니가 칸막이 안으로 휠체어를 밀고 들어왔다. 영자 할머니는 누명을 벗었지만 그렇다고 상태가 좋아지는 기적은 일어나지 않았다. 할머니의 시선은 여전히 흐릿했고, 우리를 보고도 아무 반응도 보이지 않았다. 버스를 타고 오는 내내 산에서 펼친 자신의 무용담을 떠들다 해영에게 핀잔을 들었던 할아버지는 영자 할머니의 모습을 보고 충격을 받은 것 같았다.

"영자야……. 나 기억 나냐? 진송리 신용섭이. 아, 진송리에서 제일 핸썸한 남자 있잖냐!"

영자 할머니의 시선이 할아버지 쪽으로 향했다. 하지만 할머니는 할아버지를 처음 보는 사람처럼 쳐다봤다.

"미안하다, 네가 그런 게 아니라는 걸 내가 처음부터 알았어야 했는데. 내가 참 면목이 없다. 그래도 이제 다 끝났어, 야. 너희 아들한테 들었지? 이제 널 욕하는 사람은 아무도 없다. 억울한 마음일랑 훌훌 털어버리고 이제 좋은 생각만 하자, 응?"

해영이 쇼핑백에서 액자를 꺼냈다. 그리고 할머니가 잘 볼 수 있도록 탁자 위에 놓았다. 액자에는 금색 테를 두른 하얀 종이가 들어 있었다.

"이게 뭐냐면요, 할머니. 교육청에서 주는 특별 선물이에요! 뭐라고 써 있는지 읽어 드릴게요. 명예 졸업장. 성명 최영

자. 학교를 사랑하는 마음과 배움에 대한 열정을 높이 기리고자 위 사람에게 초등학교 명예 졸업장을 수여합니다. 어때요, 할머니? 간지 작살이죠? 병실에 걸어 놓으세요!"

할머니가 오른손을 뻗자 재잘대던 해영은 움찔했다. 하지만 할머니의 앙상한 손은 액자에 끼워진 유리를 천천히 쓸어내렸다. 할아버지가 말했다.

"아, 뭐 하냐! 전원 박수!"

할아버지와 해영이 박수를 치는 동안, 나는 품에 안고 있던 연두색 상자를 들고 일어났다. 그리고 할머니의 휠체어를 내 쪽으로 돌린 뒤 무릎을 꿇었다. 발에서 슬리퍼를 벗겨 내고 할머니 집에서 가져온 하얀색 크록스를 신겨 드렸다.

"기억나세요, 할머니? 아드님이 사주신 신발이에요. 늦게 가져와서 죄송합니다."

착각일까. 아니다. 나는 분명히 본 것 같았다. 그 순간 할머니의 입가에 스쳐 지나간 미소를. 자신의 발을 하염없이 바라보던 할머니는 손을 들어 내 머리를 쓰다듬었다. 5년 전, 툇마루에서의 그날처럼. 할머니의 손은 더 이상 따뜻하지 않았고 힘없이 떨리고 있었지만, 할머니가 어떤 마음으로 내 머리를 만지고 있는지 알 것 같았다. 나는 행복했고, 할머니도 그랬으리라 믿는다.

우리는 요양원을 나와 버스 정류장 의자에 나란히 앉았다. 해영이 손선풍기를 꺼내 우리에게 바람을 쐬어주었다.

"팥빙수 먹으러 갈래?"

"아니, 송지호를 만나기로 했어."

"왜?"

"송지호에게 하고 싶은 말이 있어서."

"뭐냐, 싸보. 사귀자고 고백이라도 하시게?"

가운데 앉아 있던 할아버지가 고개를 돌리며 우리를 번갈아 쳐다봤다.

"빙수고 나발이고 너희들, 기말고사는 잘 봤냐?"

"아니요."

"망했는데요."

"할아비가 그랬지? 내가 젤루 잘하는 거. 그것만 열심히 해도 된다고! 그리고 심해인이, 우리 지은이는 연애하느라 바쁘니까 똥강아지마냥 쫓아다니지 말고 진송리에서 밥이나 먹고 가라. 지은이 애미도 오기로 했어. 아, 너도 진송리에서는 스타 아니냐, 스타!"

"헐! 저도 바쁘거든요! 그리고 몇 번이나 말씀드려요! 제 이름은 심해영이라고요. 심! 해! 영!"

두 사람의 웃음소리를 들으며 텅 빈 도로를 바라봤다. 한여

름의 뜨거운 햇볕에 도로에서 아지랑이가 피어올랐지만 해영의 선풍기에서 불어오는 바람이 이마의 땀을 식혀주었다. 나는 버스를 기다리며 할아버지의 말을 생각했다. 내 좋은 부분을 소중히 여기기. 부족한 부분은 나아지도록 노력하기. 그리고 내 앞에서 가면을 쓰지 않는 사람들을 사랑하기. 그게 내가 할 수 있는 최선의 일이 아닐까.

정류장을 향해 다가오는 버스가 우리를 향해 경적을 울렸다. 우리는 버스를 향해 힘차게 손을 흔들며 몸을 일으켰다.

『지명여중 추리소설 창작반』 창작 노트

작년 여름, 트위터를 둘러보다 재미있는 소식을 접했습니다. '삼현여중 추리소설 창작반'이라는 실제 중학교 동아리에 관한 내용이었습니다. 여중생들이 단편 추리소설을 쓰고, 소설을 엮어 문집을 출간하는 것은 물론 온라인 서점에 등록해 판매까지 하고 있었습니다. 호기심에 문집을 구입해 읽는 동안 여러 궁금증이 생겼습니다.

이 학생들은 왜 하필 추리소설을 쓰게 됐을까.

이 동아리를 만든 사람은 누구이며, 동아리 시간에는 어떤 활동을 할까.

이들의 이야기를 바탕으로 새 청소년소설을 쓰고 싶었습니다. 여러 지방에 강연을 다니는 동안 늘 안타깝게 생각했던 폐교 문제도 함께 다뤄보자는 어렴풋한 생각을 가지고 동아리 지도 교사 이가윤 선생님께 연락을 드렸습니다. 그리고 여름 방학을 앞둔 어느 날, 삼현여중의 널찍한 도서관에서 드디어 몇몇 부원들을 만났습니다.

이가윤 선생님은 추리소설을 무척 좋아하셨고, 이런 동아리를 직접 만들 만큼 열정적인 분이셨습니다. 그리고 함께 만난 부원들은 중학생이라고 믿을 수 없을 정도로 차분하고 명석한 학생들이었습니다. 인터뷰가 진행되는 동안 주인공의 이미지가 머릿속에 그려지기 시작했습니다. 미심쩍은 사건을 끝까지 파헤치는, 도무지 포기를 모르는 두 여중생의 모습이었습니다.

이 소설을 완성하기까지 많은 분들의 도움이 있었습니다.

인터뷰에 선뜻 응해주신 이가윤 선생님과 기윤서, 박은희, 이예은, 이지윤 학생들께 감사드립니다. 여러분이 안 계셨다면 이 소설은 절대로 탄생하지 못했습니다. 삼현여중 추리소설 창작반의 역사가 오래 이어지기를 진심으로 응원하고 있습니다.

추리소설 이론 부분을 쓸 때는 『미스터리 가이드북』의 저자

윤영천 님이 도와주셨습니다. 초고를 살펴보시고, 소설 속 사건 진행에 대해서도 조언해 주셨습니다. 추리소설을 좋아하는 분들이라면 『미스터리 가이드북』을 꼭 읽어보시길 추천합니다.

소설에 등장하는 화재 사건은 서울 강동소방서 이영한 화재조사팀장님과 김현경 소방장님을 만나 자문했습니다. 오전부터 시간을 뺏게 되어 아직도 송구한 마음이 큽니다. 현직에 종사하는 분들께만 들을 수 있는 이야기들 덕분에 훨씬 수월하게 작업을 마쳤습니다.

그리고 벌써 네 번째 작업을 함께하는 특별한서재 출판사 식구들과 추리소설의 분위기가 물씬 풍기는, 섬세한 표지 그림을 그려주신 정순규 작가님께 감사드립니다.

이 소설은 지금까지 펴냈던 청소년소설 중 가장 신나게 썼던 작품입니다. 돌아보면 글이 안 풀려 고민하던 순간마저 즐거웠습니다.

부디 여러분도 저와 같은 기분을 느끼시면 좋겠습니다.

2024년 가을

김하연

추천사

작년 여름, 뜨거웠던 7월. 매년 보아도 미스터리하기만 한 아이들의 속내에 지쳐 교무실로 올라온 그때, 한 통의 특별한 연락을 받았습니다. 아이들과 함께 고민하며 3년 동안 만들어온 동아리 추리소설 창작반을 인터뷰하고 싶다는 김하연 작가님의 연락이었지요.

우리 삼현여중 추리소설 창작반이 청소년 소설의 모티브가 된다니! 아이들과 저는 얼마나 설렜는지 모릅니다.

저와 아이들은 취재를 하러 오신, 우리와 같은 눈빛의 작가님을 만났습니다. 작가님의 눈빛은 살아 있었고, 빛났고, 호기심에 가득 차 있었지요. 작가님은 궁금해했습니다. 우리의 동아리 활동, 학교생활, 친구 관계 등의 이야기들을요. 우리도 인터뷰가 어떻게 소설로 펼쳐질지 궁금했습니다. 그리고 그 기대는 오롯이 『지명여중 추리소설 창작반』에 너무 멋지게 담겼습니다.

이 소설을 읽으면 추리소설 창작반을 들어오고 졸업했던 수많은 지은이와 해영이들을 만날 수 있습니다. 또한 고민하고 노력하는 청소년의 마음을 지지하고 응원하는 훌륭한 어른들도 만날 수 있습니다.

책에 등장하는 '발로 직접 뛰어다니며 사건을 해결하는 탐정'은 이야기를 찾아가는 김하연 작가님이 아닐까요. 소설 속, 우리 창작반 청소년과의 만남을 통해 여러분도 끝까지 포기하지 않고, 끈기 있게 문제를 해결해 나갈 힘을 얻길 바랍니다.

_이가윤(삼현여중 추리소설 창작반 교사)

지명여중 추리소설 창작반

초판 1쇄 발행일 | 2024년 10월 14일
초판 3쇄 발행일 | 2025년 4월 15일

지은이 | 김하연
펴낸이 | 사태희
편 집 | 최민혜
디자인 | 김경미 홍성권
마케팅 | 장민영
제 작 | 이승욱 이대성

펴낸곳 | (주)특별한서재
출판등록 | 제2018-000085호
주 소 | 08505 서울특별시 금천구 가산디지털2로 101 한라원앤원타워 B동 1503호
전 화 | 02-3273-7878
팩 스 | 0505-832-0042
e-mail | info@specialbooks.co.kr
ISBN | 979-11-6703-135-8 (43810)